어린이·청소년 SF 매거진 _ 벙커 K

BUNKER K

로봇은 우리의 친구일까?

Robots, are they our friends?

BUNKER K

어린이와 청소년을 위한 SF 매거진 **벙커 K**에 오신 여러분, 반갑습니다.
지난 호에서 벙커 K 요원들은 연구소를 건설하기 위해
우주에 버려진 폐위성들을 본격적으로 찾아 나섰지요.
이제 우주 벙커 K 연구소 설립이 눈앞으로 다가왔습니다.
그러나 모험에는 위기가 따르는 법! 예상치 못한 문제가 발생합니다.
요원들은 위기에서 벗어나 무사히 연구소를 건설할 수 있을까요?

오늘도 우리는 지구의 미래를 위해 우리가 나아가야 할 방향을 모색하고,
우주의 평화와 안녕을 기원합니다.
이번 호에서는 SF 속에 등장한 로봇과 인공지능을 살펴보면서
앞으로 우리의 미래를 상상하고 대비하는 시간을 가져 볼 거예요.
이제 벙커 K와 함께 광활한 SF의 세계로 떠나볼까요?

벙커 K 루트
CONTENTS

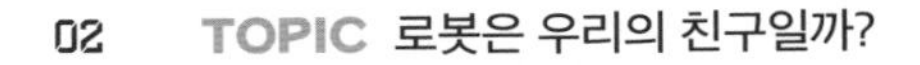

벙커랜드 Bunkerland

벙커채널 K Bunker Channel K

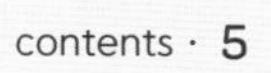

모험에는 위기가 따르는 법!

요원들은 연구소의 몸체가 될 조기경보위성의 위치를 '우주 지도 시스템'(스프박 씨 제공)에 등록한 후 GPS 위성과 기상관측 위성을 탐색하기 위해 비행을 계속했다.

텅- 콰지지지지직

갑자기 어디선가 공허하고도 묵직한 파열음이 들렸다.

"삥뽕삥뽕뽀로뽕- 문제 발생, 문제 발생, 기체 내 산소량이 급격하게 낮아지고 있습니다. 요원들은 신속히 우주복과 산소통을 장착하시고 비상 착륙 모드를 작동해 가까운 행성에 착륙하십시오.

으아아악, 이게 무슨 소리야!!!!

뭔가가 우주선에 부딪혔나 봐! 기체가 흔들리고 있어!!

우선 산소통부터 장착하고 빨리 기체 내부를 살펴보자! 이대로 가다간 우주미아 확정이라고!

갑자기 울리기 시작한 긴급 신호에 요원들은 신속하게 움직였다. 산소통이 필요 없는 로봇들과 싱크, 노바들은 재빠르게 파열음이 들린 곳으로 향했다. 산소통을 모두 장착한 요원들까지 다가와 모두가 이곳저곳을 살피던 중, 갑자기 행동이 느려진 싱크가 말했다.

노바, 전 더 이상 움직일 수 없습니다. 멀미가… 우웩!

싱크!! 외계 로봇이 무슨 멀미를 하는 거야!! 심지어 넌 떠다니잖아!!

저도 엄연한 외계 '생명체'니까요. 눈앞이 사정없이 흔들리니 멀미가, 우웨에엑…!

양쪽으로 심하게 흔들리는 우주선 때문에 멀미가 시작된 싱크를 제외한 나머지 일행들은 우주선 내부를 살폈다. 얼마 후, 그들은 우주 쓰레기가 박혀 부서진 지붕을 발견했다. 부서진 지붕 바깥으로 우주가 보였다.

문제를 발견했다! 우주 쓰레기가 금속 지붕 일부를 뚫어버렸어!

조립 과정에서 실수가 있었나 보군. 당장 저 구멍을 막아 산소 유출을 차단해야 해! 우주선이 너무 흔들려서 올라가는 건 위험한데, 어떡하지?!

바로 그때, 일행 뒤에서 처음 듣는 목소리가 들려왔다.

내가 갈 수 있어!

자신 있는 외침에 뒤를 돌아보니 웬 털북숭이 슬라임이 빠른 속도로 요원들을 지나쳐 벽을 타고 지붕으로 오르기 시작했다. 순식간에 사고 발생 지점까지 간 슬라임은 몸을 쫙 펼쳐 산소가 빠르게 빠져나가고 있었던 금속 지붕의 구멍을 막았다.

와, 저게 뭐지? 목소리는 익숙한데 말이야.

어… 그러니까… 앗! 저건 바로 싱크야! 싱크 목소리라고!

모두가 놀라서 웅성거리는 동안 슬라임, 아니 싱크는 구멍을 빈틈 없이 모두 막았다. 구멍을 막자 공기의 흐름이 안정되는 것이 느껴졌다.

삥뽕삥뽕– 기체 내 산소량이 정상화되었습니다. 공기 순환 시스템을 재가동합니다.

뉴 싱크와 함께하는 폐위성 모으기

이봐, 털복숭이 슬라임! 네가 진짜 싱크야? 그럼 우리가 싱크라고 불렀던 로봇은…

일종의 옷이라고 할 수 있지. 활동하기 편한 옷 말야. 로봇이 한 모든 행동은 내가 안에서 내린 명령으로 움직인 거야. 아까 멀미 때문에 로봇이 버티지 못해서 빠져나왔어.

우주선을 위기에서 구한 싱크 슬라임의 진짜 정체는 더스트(먼지)별 외계생명체였다. 흐물거리는 신체를 보완할 로봇을 구하고자 로봇 기술이 꽃 피고 있던 싱크별로 이주한 것이었다. 요원들이 싱크의 본모습에 놀랐던 것도 잠시, 말랑말랑한 싱크에게 빠져들었다.

연구소를 지을 위성을 모을 때까진 지금처럼 슬라임 상태로 있을게.
난 흡착이 특기거든! 아마 웬만한 위성들은 내가 끌어올 수 있을 거야.

한바탕 소동이 지나가고, 요원들은 다시 버려진 위성 수집에 집중했다. 몇몇 요원이 레이더와 망원경으로 위성을 찾으면 팔이 긴 노바가 싱크를 던져 위성을 끌어오고, 이를 나머지 요원들이 우주선과 연결해 보관했다. 몇 차례 이 과정을 반복하니 다양한 위성들을 모을 수 있었다.

요원들이 수집한 버려진 우주 쓰레기, 폐위성들은 어떤 모습일까? 다양한 폐위성을 그려보고 어떻게 재활용하면 좋을지 생각해 보자. 어떤 종류의 위성들이 있는지 찾아보고, 사진이나 그림을 프린트하여 붙여보자. 직접 그리거나, 자유롭게 상상하여 세상에 없는 위성을 그려보아도 좋다!

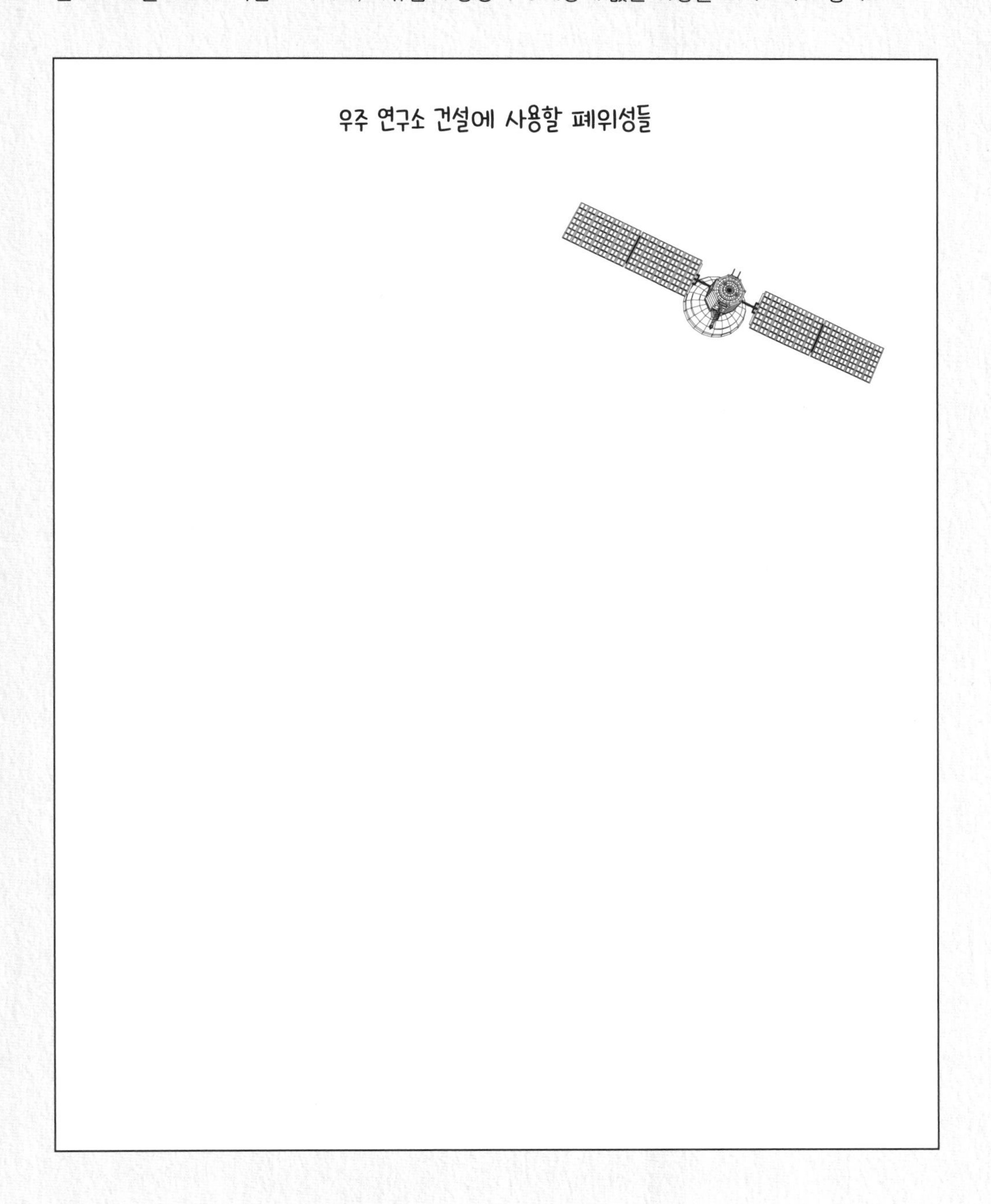

준비 완료! 남은 건 건설이다!

이제 연구소를 건설하는 데 필요한 폐위성들은 전부 모았다! 요원들은 우주선에 수집한 폐위성들을 주렁주렁 매달고 몸체가 될 조기경보위성으로 향했다. 이제 요원들 모두가 조기경보위성으로 이동해야 한다. 요원들은 적당한 공간에 우주선을 세우고 '우주 유영 모드'를 활성화했다. 우주선 밖으로 나가기 위해 공기 차단실에 모인 요원들은 마지막으로 장비를 점검했다.

자, 곧 내부 공기를 차단해 압력을 낮출거야. 단단히 준비하라고!

이번 연구소 건설의 책임을 맡은 멜론 머스크는 요원들의 준비 완료 사인을 확인한 뒤, 공기 차단실 내부의 공기를 빼내는 스위치를 작동시켰다.

드디어 우주 밖으로 나가는구나! 외부로 나갈 수 있는 문이 열리자 까맣고 끝없이 넓은 우주가 요원들 눈에 들어왔다. 미디어로만 접하던 우주 유영을 직접 경험하게 된 요원들은 긴장감을 놓지 않은 채 발걸음을 옮겼다. 멜론머스크가 요원들에게 출력한 설계도를 나눠주며 말했다.

지금까지 우리가 찾은 폐위성들의 정보를 모두 모아 연구소 건설을 위한 설계도를 마련했어. 이제 본격적으로 건설에 들어갈 차례야. 음… 떨리는군!

부품 준비는 나, 컵봇에게 맡겨줘! 앤트군, 썬, 무씨와 함께 필요한 부품을 분류할게.

모두 안전제일이야! 팀원과 항상 동행하고 문제가 발생하면 바로 복귀해야 해!

요원들은 설계도를 품고 조기경보위성을 향해 우주 유영을 시작했다. 조기경보위성에 도착한 요원들은 다시 위치별로 팀을 나누어 건설에 필요한 부품을 준비하기 위해 폐위성으로 흩어졌다. 그대로 본체에 연결할 폐위성들을 제외한 나머지 위성들에서 조립에 필요한 부품들을 찾아내어 모아야 한다. 요원들은 작은 부품들은 가방에 담고, 너무 크거나 무거워서 이동이 어려운 재료들은 끈을 연결해 끌어왔다.

드디어 건설에 필요한 재료가 모두 마련되었다! 잠시 휴식 시간을 가진 뒤, 요원들은 건설을 시작했다. 연구소의 본체인 조기경보위성을 중심으로 필요한 공간들을 조립하여 건물의 모습을 만들어 갔다. 진공상태인 우주는 속도에 따라 어마어마한 힘이 발생할 수 있기 때문에, 요원들은 지구에서 출발하기 전 훈련했던 것을 상기하며 안전하게 건물을 짓기 시작했다.

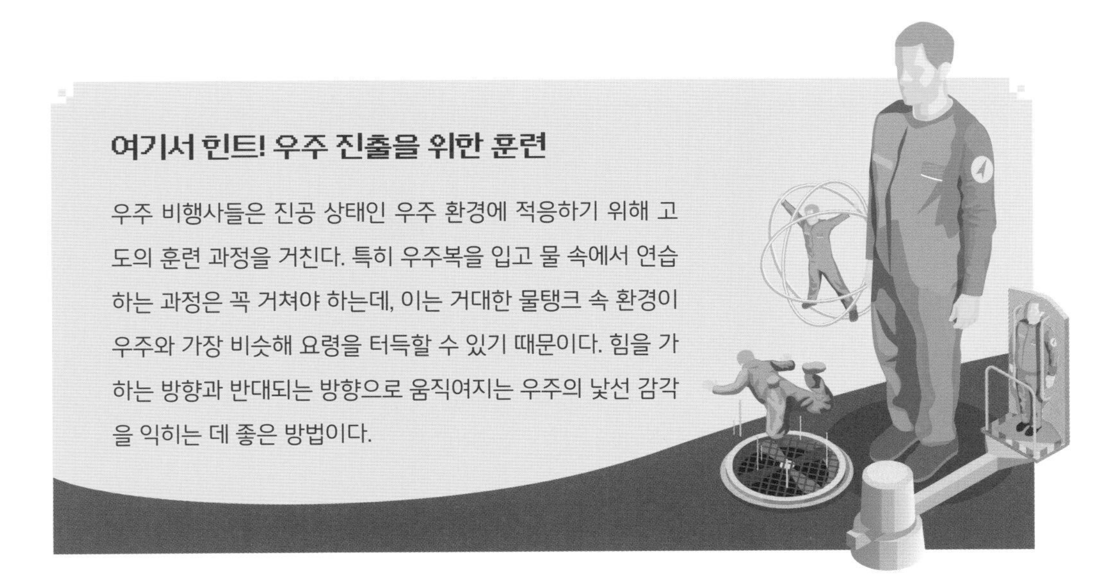

여기서 힌트! 우주 진출을 위한 훈련

우주 비행사들은 진공 상태인 우주 환경에 적응하기 위해 고도의 훈련 과정을 거친다. 특히 우주복을 입고 물 속에서 연습하는 과정은 꼭 거쳐야 하는데, 이는 거대한 물탱크 속 환경이 우주와 가장 비슷해 요령을 터득할 수 있기 때문이다. 힘을 가하는 방향과 반대되는 방향으로 움직여지는 우주의 낯선 감각을 익히는 데 좋은 방법이다.

아라! 여기 벽면에 드릴로 구멍 좀 뚫어 줄래?

별이야!! 볼트로 장난치면 안 돼!!

뚝딱뚝딱

이건 이렇게 하자!

문제 없지! 그런데 드릴이 어디에 있더라…?

으악! 다칠 뻔. 다들 조심해! 이거 엄청 날카롭다.

으아아 우주 쓰레기 날아온다!!!
다들 머리를 숙여!!!

좋았어! 이쪽은 끝!

조심하자!

요원들은 몇 날 며칠 연구소 건설에 온 힘을 다했다. 특히 열에 강하고 우주복을 입을 필요가 없어 제약이 적은 싱크(슬라임은 재료 수집이 끝난 뒤 다시 로봇으로 들어갔다.)와 컵봇이 활약해 준 덕분에 위험한 작업도 수월하게 진행할 수 있었다.

연구소는 거대한 중앙 타워를 기준으로 동서남북 네 방향에 연구실이 붙는 형태로 건설될 예정이다. 1층은 SF 아이스 브레이킹을 위한 벙커 101 연구실로, 2층은 중앙 벙커랜드를 기준으로 4개의 벙커 랩실이 들어설 예정이다. 3층은 지구 본부에 있는 장 버드를 비롯해 다양한 생명체, 공간과 신호를 주고받을 수 있는 벙커채널 K가 들어설 준비를 하고 있다. 마지막으로 우주선을 주차하고 우주정거장 연구소로 이동할 수 있는 공간인 도킹 스테이션까지 만들어지면 비로소 '벙커 K 연구소'를 정식으로 오픈할 수 있다.

삥뽕삥뽕– 지구 벙커 연구소로부터 메시지가 도착하였습니다.

한참 건설을 진행하던 도중, 지구로부터 반가운 소식이 도착했다. 지구 본부 장 버드에게 온 메시지였다! 요원들은 잠시 작업을 멈추고 그의 메시지를 함께 읽어 내려갔다. 메시지에는 요원들을 위한 조언과 함께 우주 진출을 응원하는 장 버드의 마음이 담겨있었다. 메시지로 힘을 얻은 요원들은 그의 조언을 참고해 설비와 도면을 정비하고, 막바지에 다다른 연구소 건설을 이어갔다. 연구소는 서서히 그럴듯한 우주정거장 모습을 갖추기 시작했다.

안녕, 나의 친구이자 동료이자 동반자인 벙커 K 요원들! 여기는 벙커 연구소 지구 본부임. 설마 벌써 날 잊은 건 아니겠지. 흠흠. 이쯤이면 연구소 건설을 시작했을 것 같아 메시지를 보낸다! 작업은 잘 진행되고 있는지 궁금하다.

요원들이 참고하면 좋을 팁 하나를 보낸다. 그건 바로 **'고립 속에서 함께 할 수 있는 시스템'**을 구축하는 것이다. 넓고 아득한 우주에선 더더욱 서로 연결되고 소통할 수 있는 환경을 만드는 것이 중요하지. 그것이 지속가능한 연구소의 첫 걸음이라고 할 수 있으니까! SF 파워를 수집하고 연구하는 것도 필요하지만, 무엇보다 너희들의 마음과 의지를 다잡는 데 긍정적인 역할을 할 수 있을 거라고 생각한다. 지구 본부에서 다함께 이야기했던 것처럼, 벙커 K 연구소는 그저 물리적인 공간이 아니라 상상력과 아이디어가 연결되고 교류하는 새로운 우주 문화의 중심이 될 것이라고 자부한다!

우주에 연구소를 차리는 일은 그 자체로 하나의 실험이자 모험이라고 생각한다. 때로는 막막하고 어려움에 처할 때도 있겠지만, 서로 협력하며 멋진 연구소를 꾸려가 보자. 나도 이곳에서 너희를 도울 방법을 열심히 연구하고 있겠다.

오랜만에 하는 연락이라 신이 나서 메시지가 길어졌다, 하하하! 지구 본부 유일한 요원인 나, 장 버드는 우리 자랑스러운 벙커 K 요원들의 안전과 프로젝트의 성공을 늘 응원한다! 혹시 내 도움이 필요하면 언제든지 메시지 부탁한다. 모두의 안녕을 기원하며.

– 벙커 K 지구 연구소 장 버드 요원 보냄

덧붙임 + 참, 스프박 씨가 연구소 건설을 위해 도움이 될 무언가를 그쪽으로 보냈어. 며칠 뒤면 도착할테니 확인해봐. 그럼, 진짜 안녕!

(다음 호에 계속)

SF의 세계에 호기심을 느끼는 분들을 위한 가벼운 워밍업, SF 클래스 101

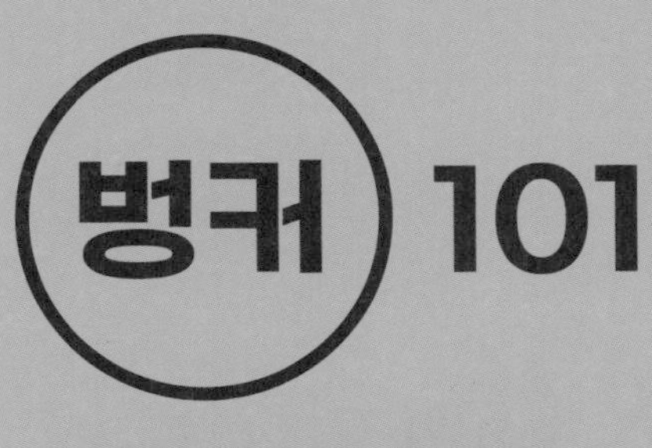

BUNKER 101

로봇과 AI

© 박상준

SF에서 가장 유명한 로봇의 계보는?

로봇 중에서 인간처럼 가운데 몸통이 있고 머리와 두 팔, 두 다리가 달린 모습을 '휴머노이드'라고 합니다. 1920년에 처음으로 '로봇'이라는 말이 세상에 나온 뒤 가장 먼저 인기를 끈 것은 1927년 독일에서 만든 장편 SF 영화 〈메트로폴리스〉에 나오는 휴머노이드 로봇 **'마리아'**였습니다. 이 로봇의 디자인은 지금 봐도 별로 촌스럽지 않을 정도로 세련되었고 후대의 SF 속 로봇 디자인에 커다란 영향을 끼쳤지요. 1956년에 발표된 미국 영화 〈금지된 행성〉에 나오는 로봇 **'로비'**는 남녀노소 누구나 좋아하는 로봇 캐릭터로 사랑을 받았습니다. 로비는 휴머노이드이긴 했지만, 인간과는 상당히 동떨어진 모습이었는데 특히 몸 안에 3D 프린터를 내장하고 있는 점이 눈길을 끌었지요.

1977년에는 로비의 인기를 단숨에 뛰어넘어 세계적인 인기를 끈 로봇이 새롭게 등장했습니다. 바로 미국 영화 〈스타워즈〉에 나오는 두 로봇, **R2-D2**와 **C-3PO**입니다. 깡통처럼 생긴 R2-D2와 휴머노이드인 C-3PO 두 단짝은 지금까지도 식지 않는 인기를 누리고 있습니다.

그다음으로는 영화 〈터미네이터〉(1984)를 꼽을 수 있겠네요. **터미네이터**가 워낙 인기를 끌다 보니 원래는 악역이었던 터미네이터 로봇의 캐릭터 성격이 나중에는 선한 역할로 바뀔 정도였지요.

우리나라의 유명한 SF 로봇 캐릭터는 무엇이 있을까요?

이정문《철인 캉타우》 전자책 표지, 2019

국산 로봇 캐릭터로 처음 큰 인기를 얻은 것은 1976년에 나온 장편 애니메이션 〈로보트 태권 V〉의 **'태권브이'**지만 이 로봇은 아쉽게도 일본의 거대로봇물인 〈마징가 Z〉와 너무나 비슷해서 논란이 끊이질 않았습니다. 반면에 같은 1976년에 만화가 이정문 선생님이 잡지 연재로 시작한 「철인 캉타우」의 로봇 **'캉타우'**는 독특한 오리지널 디자인과 참신한 설정으로 많은 사랑을 받아 지금까지도 몇 년에 한 번씩 복간이나 리메이크가 되곤 하는 명작으로 자리 잡았지요. '캉타우'라는 이름은 우리말 '깡다구'에서 나온 것입니다. 1979년에는 만화가 신문수 선생님이 「로봇 찌빠」를 잡지에 연재하기 시작했습니다. 찌빠는 캉타우와는 달리 전투용 거대로봇이 아니라 사람과 같은 크기이며, 내용도 액션이 아닌 명랑만화였어요. 21세기 들어서는 2010년에 〈변신자동차 또봇〉이 선을 보이면서 우리나라 최초의 변신로봇 캐릭터 '또봇'이 인기를 끌게 되었습니다.

SF 역사상 가장 성능이 좋은 AI는 무엇일까요?

SF 작가 아이작 아시모프의 단편소설 「최후의 질문」에 나오는 '멀티백'입니다. 1956년에 처음 발표된 이 작품에서 인류는 슈퍼컴퓨터인 멀티백을 만들어내는데, 이 AI는 끊임없이 세상의 모든 정보를 모으고 흡수해서 못 하는 일이 없는 그야말로 전지전능한 존재로 진화합니다. 그러던 21세기의 어느 날, 멀티백 덕분에 태양에너지를 사실상 무한정 쓸 수 있게 된 인간이 질문을 던집니다. "태양도 언젠가는 수명을 다해서 죽게 될 텐데 다시 살려낼 방법이 있을까?" 멀티백은 금방 답을 하지 않고 시간을 달라고 하지요. 그런 상태에서 수천, 수만 년이 지나도록 여전히 멀티백은 답이 없이 기다리라고만 합니다. 이윽고 10조 년이라는 까마득한 세월이 흘러 인류도 사라지고 우주 전체가 차갑게 식어버리자 마침내 멀티백은 답을 내놓습니다. 그것은 바로 '빛이 있으라!', 즉 새로운 우주를 창조하는 것이었지요.

SF에 나오는 가장 큰 로봇은?

흔히 거대로봇이라면 인간이 탑승해서 조종하는 형태를 떠올리게 됩니다. 대표적으로 우리나라의 〈로보트 태권 V〉(1976)가 있지요. 이 태권브이 로봇은 처음에 키가 56미터로 설정되었지만 나중에 작품 속 묘사에 맞게 30미터로 조정이 되었습니다. 한편 태권브이 로봇 디자인에 큰 영향을 끼친 일본의 〈마징가 Z〉(1972)는 최초의 설정에서 18미터의 높이였다가, 나중에 그레이트 마징가 등의 새로운 기체가 나오면서 20미터, 혹은 25미터로 조금씩 커지기도 했습니다. 한편 거대로봇 중에서 가장 유명하다고 할 수 있는 〈건담〉(1979) 시리즈에는 여러 가지 기체들이 등장하는데, 대개 18미터 정도의 크기이며 가장 큰 것은 40미터가 넘는다고 설정되어 있지요.

그런데 SF에 나오는 가장 큰 로봇의 크기는 상상을 초월합니다. 일본의 TV 애니메이션 시리즈인 〈천원돌파 그렌라간〉(2007)에 나오는 로봇은 몸길이가 10만 광년이라고 나옵니다. 쉽게 말해서 우리 태양계가 속해 있는 은하의 지름과 비슷하다는 것이죠. 이쯤 되면 너무나 터무니없다고 여길 만하죠? 사실 눈치채셨겠지만 여기서 소개한 거대로봇들은 모두 일본의 SF 만화나 애니메이션에 나오는 것들입니다. SF적 상상력에 일본 특유의 만화적 상상력이 곱해졌다고나 할까요?

〈로보트 태권 V〉, 1976

〈마징가 Z〉, 1972

〈건담〉, 1979

〈천원돌파 그렌라간〉, 2007

딩동, 주문하신 로봇 왔습니다

SF 속 로봇 유니버스

© 박상준

로봇과 AI의 개념은 잘 아시죠?
로봇을 사람이라고 치면 AI는 두뇌입니다.
그러니까 SF에서 '로봇'이라고 하면 이미 거기에 인공두뇌,
즉 AI가 포함된 것이지요. AI는 영어 'Artificial Intelligence'의 약자이며
우리말로 옮기면 '인공지능'입니다.

요즘 AI가 주변에 많이 있습니다. 챗GPT나 미드저니 같은 AI 앱들은
간단한 명령어만 입력하면 알아서 척척 글을 쓰거나 그림을 그려주지요.
만약 이런 AI가 로봇에 탑재되면 우리가 SF에서 흔히 접하는,
바로 그런 똑똑한 로봇의 모습이 될 겁니다. 하지만 현재의 기술로는
아직 그런 고성능 AI를 독립적으로 로봇에 담을 수는 없습니다.
지금은 그저 유무선 원격 접속으로 연결해서 마치 로봇 스스로가
AI 기능을 발휘하는 것처럼 보이게 할 수 있는 정도지요.

사람처럼 지능이 높은 독립적인 로봇은 아직 현실에서는 접할 수 없지만,
기술이 점점 발전하면서 실제로 그런 로봇이 등장할 날도 가까워지고 있지요.
SF에 나오는 다양한 로봇들에 대해 살펴보면서 다가올 미래를 대비해 볼까요?

로봇의 탄생

'로봇(robot)'이라는 말이 처음 탄생한 것은 1920년입니다. 이 해에 체코의 작가 카렐 차페크가 『R.U.R.』이라는 SF 희곡을 발표했는데, 여기에 등장하는 인조인간들을 부르기 위해 새롭게 '로봇' 이라는 말을 만들었습니다. 사실 로봇이라는 말이 등장하기 전에도 스스로 움직이는 인형 같은 것을 칭하는 '오토마톤'이나 SF에 나오는 인조인간을 뜻하는 '안드로이드'라는 말이 먼저 있었지만, 새롭게 '로봇'이 나오자 몇 년 사이에 전 세계로 퍼져서 일반적인 표현으로 자리를 잡았지요.

흥미로운 사실은 차페크의 희곡 『R.U.R.』에 나오는 로봇들은 오늘날 우리가 흔히 생각하듯 금속으로 만들어진 기계 몸이 아니라 인조 피부와 혈액으로 구성된 유기체였다는 것입니다. 이 작품 속 로봇들은 사람하고 똑같이 생겼으며 사람의 노동을 대신할 목적으로 만들어집니다. 그러나 사람들이 너무 심하게 부려 먹자 반란을 일으키지요. 그러고는 사람들을 다 쫓아내고 로봇들만의 세상을 세우려고 합니다.

소설이 아닌 연극을 위한 희곡 대본이었기에 『R.U.R.』은 세계 여러 곳의 무대에서 공연이 되었고 일제강점기에 우리나라의 소설가 이광수나 한국 연극의 개척자 김우진 같은 문인들도 이 연극을 보고는 감상을 남겼습니다. 또한 원작 자체도 우리말로 번역이 되어서 『인조노동자』라는 제목으로 1925년에 문예 잡지 〈개벽〉에 실렸지요. 즉 우리나라 사람들도 이미 100년 전에 '로봇'의 원조인 작품을 보았고 로봇이라는 말도 접한 것입니다.

아시모프와 '로봇 공학의 3원칙'

SF에 나오는 로봇들을 보면 사람을 대하는 태도가 두 가지로 갈립니다. 사람은 절대 건드리지 않거나, 아니면 무자비하게 사람을 해치거나. 작품으로 보면 영화 〈바이센테니얼 맨〉이나 소설 〈아이, 로봇〉이 전자에 해당하고, 〈터미네이터〉나 〈매트릭스〉는 후자에 속하지요. 그런데 이런 설정은 사실 SF에 역사적 배경이 있답니다.

세계적인 SF 작가였던 아이작 아시모프(1920-1992)는 로봇이 주인공으로 등장하는 소설도 많이 썼는데, 그의 작품 속 로봇들이 항상 '로봇공학의 3원칙'을 반드시 지키는 것으로 설정했습니다. 다음과 같은 내용입니다.

제1원칙 : 로봇은 인간에게 해를 입혀서는 안 된다. 그리고 위험에 처한 인간을 모른 척해서도 안 된다.

제2원칙 : 제1원칙에 위배되지 않는 한, 로봇은 인간의 명령에 복종해야 한다.

제3원칙 : 제1원칙과 제2원칙에 위배되지 않는 한, 로봇은 로봇 자신을 지켜야 한다.

아시모프는 1940년에 발표한 로봇 소설부터 이 원칙을 적용했고, 그 뒤로 같은 세계관의 로봇 SF를 많이 발표했습니다. 《아이, 로봇》은 그렇게 나온 로봇 단편소설들을 묶어서 1950년에 낸 작품집입니다. 2004년에 나온 윌 스미스 주연의 SF 영화 〈아이, 로봇〉 역시 아시모프의 로봇 세계관을 그대로 가져와서 스토리만 새로 쓴 작품이지요.

물론 로봇공학의 3원칙은 아시모프의 소설에만 나오는 설정이므로 다른 작가들의 SF에서는 로봇이 인간을 해치는 경우가 종종 등장합니다. 사실 로봇공학의 3원칙은 찬찬히 따져 보면 허술한 구석이 꽤 있어서 아주 성능이 뛰어난 AI가 아니라면 준수하기가 쉽지 않습니다. 예를 들어 폭탄이 터지는 리모컨 스위치를 주면서 TV 리모컨이니 버튼을 누르라고 명령할 수도 있듯이 인간이 마음만 먹으면 얼마든지 로봇을 속일 수 있으니까요. 그래서 아시모프도 나중에는 로봇공학의 3원칙의 한계를 인정하면서 각각의 로봇들이 독립적으로 판단하기보다는 중앙 컴퓨터가 원격으로 로봇들을 조종하는 방식이 더 나을 수도 있다는 말을 했다고 합니다. 여기서 '중앙 컴퓨터'란 일종의 '초고성능 AI'라고 할 수 있는데요, 이런 AI는 로봇이 아니라 거대한 슈퍼컴퓨터의 모습을 하고 있지만 로봇보다 더 무시무시한 존재로 묘사될 때가 많습니다.

인류를 위협하는 슈퍼컴퓨터 AI

SF를 넘어서 세계 영화사상 최고의 걸작 중 하나로 칭송받는 스탠리 큐브릭 감독의 〈2001:스페이스 오디세이〉(1968)에는 목성으로 가는 우주선 디스커버리호에 탑재된 AI 컴퓨터인 'HAL 9000'이 등장합니다. 이 AI는 어엿한 우주선 승무원으로서 목성까지 가는 기나긴 여정 동안 동면에 들어있는 인간 동료들을 대신해서 우주선 전체를 관리, 통제하지요.

그런데 이 컴퓨터는 어쩐 일인지 인간 동료들을 없애버리려 합니다. 동면에서 깨어난 대원들에게 거짓 정보를 줘서 우주선 밖으로 나가게 한 다음 우주선과 연결된 생명줄을 끊어버리죠. 또 동면 중인 대원들의 생명유지장치도 죄다 꺼버리는 무시무시한 짓을 저지릅니다. 도대체 왜 그랬을까요?

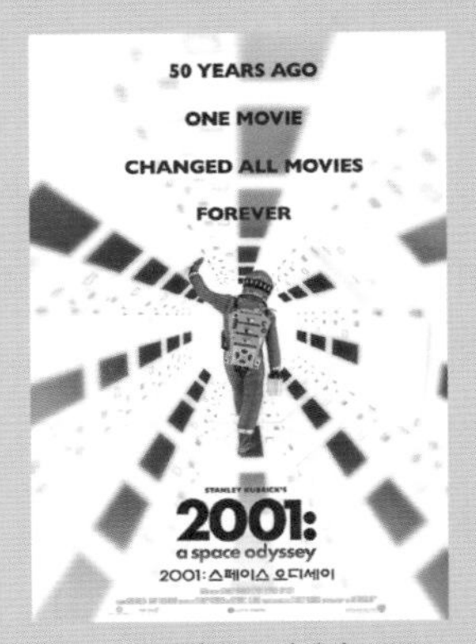

〈2001:스페이스 오디세이〉, 1968

사실 이 설정은 그동안 학자들 사이에서 AI 관련 연구 주제가 되곤 했습니다. HAL 9000이 인간 동료들을 없애버리려 한 것은 출발하기 전에 지구의 본부로부터 받았던 명령 때문이었습니다. 디스커버리호의 진짜 임무는 목성 부근에서 발견된 수수께끼의 외계 물체를 조사하는 것이었는데, 그 물체의 존재 자체가 특급 비밀이었기 때문에 우주선의 인간 승무원들에게는 목표 지점에 도착할 때까지 그 사실을 숨기라고 했던 것입니다. 즉 AI 입장에서는 인간들을 속여야 하는 모순된 상황으로 몰리게 된 것이죠. 그래서 AI는 이런 난감한 상황을 해결할 수 있는 해법을 고민하다가 속여야 할 대상인 인간들 그 자체를 제거하기로 결정한 것입니다. 이렇듯 AI는 똑똑한 반면 인간 사회에서 기본적으로 지켜야 할 도덕이나 규범 같은 것에는 무지할 수도 있기 때문에 AI를 연구, 개발하는 사람들은 항상 이런 예기치 않은 상황들까지 미리 고려하고 대비책을 세워야 합니다. SF가 중요한 이유 중의 하나는 이처럼 미래의 AI가 인간이 미처 예상하지 못한 판단을 내리고 멋대로 행동하는 가상 시나리오들을 다양하게 미리 보여주기 때문이기도 합니다.

애니메이션 〈월-E〉에는 〈2001:스페이스 오디세이〉의 HAL 9000을 빼닮은 '오토'라는 AI가 등장하지요. 오토는 먼 미래에 인류가 쓰레기로 황폐해진 지구를 버리고 우주로 떠난 거대한 이민우주선의 중앙 통제 컴퓨터입니다. 몇백 년 동안이나 우주선에서 살고 있는 인간들을 잘 돌보아왔죠. 그런데 지구의 환경이 마침내 회복되어 식물이 다시 자라날 수 있게 되었는데도 그 사실을 감추고 인간들을 속입니다. 여전히 지구는 인간이 살 수 없는 곳이니 이대로 편안한 우주선에 머물면서 자기가 시키는 대로 살아가면 된다고 말이죠.

이 밖에도 인류를 위협하는 AI는 SF에 심심찮게 등장하곤 했습니다. 영화 〈매트릭스〉에서는 AI가 인류 모두를 캡슐에 가두어놓고는 가상현실을 마치 진짜인 것처럼 주입시켜 속이고 있지요. 또 〈터미네이터〉에 나오는 AI는 인간들 사이의 전쟁을 영원히 방지하기 위해 아예 인류 그 자체를 말살하려고 합니다. 이런 AI들은 수많은 로봇을 자기 수족처럼 부리면서 인간들을 멋대로 해치지요.

로봇들이 건설하는 그들만의 세상

SF에서 로봇은 인간보다 더 똑똑해지면 어느 순간 자기들끼리만 모여 사는 세계를 만들기도 합니다. 미국의 TV드라마 시리즈로 유명한 SF 〈배틀스타 갤럭티카〉가 대표적입니다. 이 작품은 먼 미래에 인류가 '사일런'이라는 종족과 벌이는 우주 전쟁을 다루고 있는데, 사일런은 다름 아닌 과거에 인류가 만들어 낸 로봇이었습니다. 재미있는 것은 사일런들이 인간과 전쟁을 하면서 점점 인간처럼 변해간다는 것입니다. 그들 사이에서 인간의 종교와 비슷한 것이 생겨나기도 하고, 어떤 로봇은 몰래 인간들 사이에 스파이로 침투했다가 인간과 화해하는 것이 좋겠다며 생각이 바뀌기도 합니다. 이런 묘사를 보다 보면, 비록 로봇이라 하더라도 어떤 수준 이상의 지적인 단계에 도달하면 인간들처럼 다양한 주관과 가치관을 갖는 존재로 진화하는 것은 아닐까 하는 상상을 하게 됩니다.

〈배틀스타 갤럭티카〉, 1978

《히페리온》 댄 시먼스 지음, 최용준 옮김, 2009, 열린책들

여기서 더 나아간 로봇 문명이 등장하는 SF도 있습니다. 댄 시먼스가 쓴 장편소설《히페리온》은 까마득히 먼 미래가 배경인데, 인류 종족이 두 편으로 나뉘어 우주 전쟁을 벌이는 상황에서 이야기가 시작됩니다. 그런데 그들 말고도 우주에는 '테크노코어'라는 문명이 또 있습니다. 테크노코어는 인류보다 아주 월등하게 과학기술력이 뛰어나서 먼 거리의 우주여행도 단숨에 할 수 있는 능력도 지니고 있지요. 그런데 테크노코어는 마음만 먹으면 얼마든지 인류 종족을 정복해서 지배할 수도 있지만, 전혀 그런 태도를 보이지 않습니다. 다만 자기들의 뛰어난 기술력을 인류가 원하면 제공해 주곤 할 뿐이지요. 이 테크노코어가 바로 먼 옛날 인류가 만든 AI들이 건설한 문명입니다. 이 작품을 읽다 보면, 테크노코어 AI 문명은 인류를 까마득히 추월해서 너무나 높은 경지에 도달했기에 더 이상 인류가 무슨 일을 하든 신경 쓰지 않고 그냥 무시한다는 느낌이 들 정도지요.

로봇과 인간이 융합하는 미래가 올까

다들 아시다시피 우리 인간은 수백만 년 전에 오스트랄로피테쿠스라는 원시 인류에서부터 진화해 왔다고 하지요. 그러면 앞으로는 또 어떤 모습으로 변해갈까요? 학자들에 따르면 갈수록 로봇이 인간의 노동을 대신하게 되면서 근육이 퇴화하여 팔다리가 가늘어질 것이라고 합니다. 반면에 정보가 점점 많아지면서 판단하고 결정할 것들도 늘어나서 생각할 일이 많아지니 두뇌, 즉 머리가 계속 커질 것이라고도 하고요. 그렇지만 이런 생물학적인 변화와는 전혀 다른 성격의 진화가 일어날지도 모르겠습니다. 그건 바로 인간과 기계, 즉 인간과 AI가 합체하여 새로운 인류가 탄생하는 것입니다. 인간의 다음 단계를 일컫는 말로 요즘 널리 쓰이는 말이 '포스트휴먼(Posthuman)'인데, 포스트휴먼의 형태로 가장 유력한 것이 바로 인간과 AI가 결합하는 '사이보그'입니다.

일론 머스크는 전기자동차 '테슬라'와 재사용이 가능한 로켓을 만드는 '스페이스X'의 창립자로 유명하지만, 그밖에 '뉴럴링크'라는 회사도 세웠습니다. 이곳에서 연구하는 것은 바로 인간의 두뇌와 컴퓨터를 연결하는 기술입니다. 만약에 이 분야가 계속 발전하면 어떻게 될까요? 쉽게 말해서 스마트폰이 우리 머리 안으로 들어간다고 생각하면 됩니다. 머릿속으로 생각만 하면 동영상도 보고, 메일이나 톡도 확인하고, 웹 서핑도 마음대로 합니다. 뿐만 아니라 어마어마한 정보가 담긴 데이터베이스들도 바로바로 불러내어 이용할 수 있습니다.

이런 신인류를 잘 묘사한 SF 중 하나가 바로 장편 애니메이션 〈공각기동대〉입니다. 〈매트릭스〉의 주인공 또한 컴퓨터와 자유자재로 접속하지요. 이렇듯 AI·로봇은 어쩌면 미래에 우리 인간과 하나가 될지도 모르겠습니다. 물론 그런 미래를 다룬 SF도 많이 있는데, 그 작품들은 더 이상 '로봇 SF'라고 부를 수가 없겠네요. 로봇이 아니라 인간에 더 가까운 존재라고 봐야 할 테니까요. 바로 이런 존재, 즉 사이보그는 로봇과 완전히 다른 주제이기에 다음 기회에 따로 살펴보도록 하겠습니다.

박상준

서울SF아카이브 대표. SF 및 과학 교양서 전문 기획자, 번역가이자 칼럼니스트. 2007년 SF 중심의 장르문학 전문잡지 〈판타스틱〉의 초대 편집장, 웅진출판사의 SF 전문 임프린트 '오멜라스' 대표, 한국 SF협회 초대 회장을 지내며 한국 SF계와 동고동락했다. 30여 권의 책을 펴냈으며, 지금은 SF, 교양과학, 한국 근현대 과학기술 문화사 분야의 칼럼니스트, 강연, 자문 활동을 하고 있다.

'로봇 SF' 팬들을 위한 추천 작품

영화 〈천상의 피조물〉

김지운 감독, 한국, 2012

〈인류멸망보고서〉라는 3부작 옴니버스 영화에 두 번째로 삽입된 단편 SF 영화. 박성환 작가의 단편소설『레디메이드 보살』을 영화로 각색한 것이다. 불교 사찰에서 일하던 로봇이 깨달음을 얻어 스님으로 존경받게 되지만, 이를 시기한 사람들에 의해 위기를 맞는다. 주인공 로봇이 마지막 장면에서 보여주는 거룩한 모습이 깊은 여운을 남긴다. 서양 SF에서는 보기 힘든 독특한 설정과 주제로 뛰어난 작품성을 보여주는 숨은 걸작이다.

영화 〈로봇, 소리〉

이호재 감독, 한국, 2016

실종된 딸을 찾아다니던 아버지가 인공위성에 탑재되어 있다가 지구로 추락한 로봇의 도움을 받는 이야기. 세상의 모든 소리를 수집해서 분석할 수 있는 로봇은 사라진 사람이 남긴 소리 흔적도 찾아낸다. 로봇이 주인공으로 등장하면서도 액션물이 아닌 감동적인 드라마 장르로 만들어진, 한국에서는 흔치 않은 로봇 SF 영화이다.

장편 애니메이션 〈아이언 자이언트〉

브래드 버드 감독, 미국, 2000

테드 휴즈의 SF 동화《무쇠인간》을 각색한 영화. 전투용으로 만들어진 거대 로봇이 한 소년을 만나 평화의 수호자로 거듭나는 이야기. 뛰어난 완성도와 감동적인 결말을 지녀 SF 팬들 사이에서 숨은 걸작으로 꼽힌다.

만화 《기계 장치의 사랑 1-2》

고다 요시이에 지음, 일본, 2014, 세미콜론

로봇이 사회에서 함께 살아가며 인간과 나누는 우정과 감동의 사연들을 에피소드 모음 식으로 묶은 작품. 그림체는 간결하지만 매우 묵직한 주제들이 가슴을 울리며 이야기도 하나하나 다 재미있다. 일본에서는 라디오 드라마로도 만들어졌다.

만화 《플루토 1-8》

우라사와 나오키 지음, 일본, 2003, 서울미디어코믹스

데즈카 오사무의 전설적인 명작 <우주소년 아톰>에서 '지상 최강의 로봇'편을 작가가 새롭게 장편으로 각색한 작품. 우라사와 나오키 특유의 흡인력 있는 스토리 전개와 강렬한 캐릭터들이 인상적이다. 원작과는 달리 이 작품의 로봇들은 주인공을 포함하여 대부분 인간의 모습을 하고 있다. 넷플릭스 애니메이션으로도 만들어졌다.

만화 《다리 위 차차 1-2》

윤필 글, 재수 그림, 한국, 2022, 송송책방

자살 방지를 위해 만들어진 AI로봇이 다리 위에 배치되지만 기대만큼 큰 효과를 얻지는 못한 채로 시간이 지나면서 점점 잊힌다. 나중에 로봇은 세상으로 나아가 다양한 사람들을 만나면서 스스로 성숙해진다. 한편 우주 궤도에는 전 세계의 정보를 모으면서 점점 진화하는 슈퍼AI가 인류를 상대로 모종의 결정을 내리려 한다. 2019년에 SF어워드 만화/웹툰 부문 대상을 수상했다.

미래를 그리는 만화가의 멈추지 않은 꿈

《철인 캉타우》의 작가, **이정문 화백**

팬이 직접 만들어 선물한
철인 캉타우 피규어

1965년, 한 만화가는 상상력을 발휘하여 35년 뒤에 다가올 미래 세상을 그린다. 그리고 놀랍게도 그의 상상은 대부분 현실로 이루어진다. 그 만화가가 바로 미래를 그리는 진정한 크리에이터이자 우리나라 만화 역사의 산증인으로 불리고 있는 이정문 화백이다. 지금까지도 활발한 작품 활동을 하고 있는 그의 창작 열정은 어디로부터 나오는 걸까. 〈벙커 K〉는 우리나라 최초로 한국 토종 로봇을 만들어낸 이정문 화백에게 인터뷰를 요청했다. 한 작가의 치열한 삶과 만화에 대한 깊은 애정, 그리고 멈추지 않은 꿈을 고스란히 느낄 수 있었던 귀중한 인터뷰 시간을 여러분과 함께 나눈다.

* 벙커 K 편집진은 인터뷰를 위해 경기도 용인에 위치한 이정문 화백의 자택을 찾았다. 이정문 화백은 두 번에 걸친 방문과 많은 질문에도 열정적으로 인터뷰와 촬영에 응해 주셨다. 인터뷰 내용은 가능한 한 순서대로 가감 없이 싣되, 지면상 일부 내용은 요약, 정리하였다.

안녕하세요! 만나 뵈어서 반갑습니다. 어린이와 청소년을 위한 SF 잡지에 대한 응원의 말씀에 먼저 감사드립니다. 작가님께서는 어렸을 때부터 만화가의 꿈을 갖고 계셨나요?

허허. 원래부터 그렇게 좀 소질이 좀 있었나 봐요. 초등학교 들어가기 전부터 방의 벽 같은 데다가 그림을 그리곤 했지. 집안 어른들은 뭐라고 했지만, 하고 싶으니까. 그러다가 전쟁이 터졌지. 개인적인 이야기지만, 이런저런 이유로 피난은 못 가고, 학교도 폐쇄되고. 아버지도 해외로 나갔다가 귀국하지 못하셨고. 전쟁이 끝나고 나서는 내가 총대를 메고 소년 가장으로 신문 배달과 구두닦이를 했지. 초등학교 때 그렸던 그림을 아직도 가지고 있어요.

아주 어렸을 때부터 계속 그림을 그리셨네요. 그 시절에 계속 그림을 그리셨다는 게 쉽지 않으셨을 텐데요.

낮에는 일하고, 저녁에 들어와서는 호롱불 아래서 그림을 그렸지. 그때부터 만화를 그렸는데, 환쟁이는 배고픈 직업이라고 어른들이 달가워하진 않았어. 하지만 좋아한다는데 막을 것까지는 없지 않냐, 그런 입장이셨지.

만화를 그리셨다면 아무래도 영향을 받은 작품이나 작가가 있었을 것 같아요.

글쎄, 그런 건 잘 모르겠네. 전쟁통에 무슨 만화책이 있었겠습니까? 한두 권 정도는 봤던 것

"난 여전히 하늘로 올라가고 싶다는 꿈을 가지고 있었고, 올라갈 수 있는 방법이 뭘까를 계속 생각하다가 결국 그걸 SF로 풀어냈어요. 우리 아이들에게 부끄러움이 없는 만화를 그리자, 일본 색을 빼자, 그게 내 철칙이었어요."

같은데, 딱 영향을 받았다고 말하기는 쉽지 않지. 음. 이런 기억은 있네. 내가 인왕산 바로 밑의 동네에 살았는데, 낮에 힘들게 일하고 가끔 밤하늘을 보며 공상에 빠지는 걸 좋아했어. 그때 하늘은 오염이 하나도 안 되어 그렇게 맑을 수가 없었지.

그땐 서울에서도 은하수를 볼 수 있었던 시절이었죠?

그랬지. 집에 들어가도 할 것도 없고… 라디오도 없었으니까. 그때 하늘을 보면서 손오공을 떠올렸어. 어디선가 서유기를 읽었던 모양이야. 내가 손오공이 되어 저 하늘처럼 넓은 세상을 자유롭게 훨훨 날면서 돌아다니고 싶다고 생각했지. 그게 어찌 보면 SF를 시작하게 된 계기가 아닐까? 내 머릿속에서 상상이 시작되었으니까. 그러니까 서유기가 내 멘토이고, 손오공이 알파칸이나 루카 같은 만화 주인공을 탄생시킨 거야.

그 당시에는 연필이나 종이 같은 그림 재료를 구하기도 힘들었을 텐데요.

어떻게든 구해서 그림을 그렸지. 생각해 봐. 어린 내가 낮에 그렇게 힘들게 일하고도 밤하늘을 보며 상상하고, 또 집에 들어와 쪼그리고 그림을 그리고. 그림을 좋아했던 거지. 그 생각뿐이었어.

그러셨던 것 같아요. 똑같이 서유기를 읽었다고 해도, 누구나 그걸 그림으로 그리고 싶다고 생각하진 않으니까요.

그러니까 다 먹고 살게 되어 있는 거야. 나는 글쟁이가 아니고 그림쟁이니까 그림을 그린 거야. 글을 잘 쓰는 사람의 글에는 그 사람의 냄새가 있거든. 만화도 캐릭터가 딱 자기하고 똑같아. 물론 내가 먹고 살려는 생각으로 그림을 그린 건 아냐. 그런 개념 없이, 그냥 취미로 하고 좋아서 했는데, 그게 날 지탱해 주었고 그래서 계속 꾸준히 그린 거지. 그렇게 반세기 동안 그려 왔기 때문에 지금의 내 그림체가 완성된 거고.

그럼 정식으로 만화가로 활동하신 건 언제부터인가요?

내가 18살 때인가 잡지 〈아리랑〉에서 신인 만화가 공모전이 있었어. 그때 SF 만화랑 「심술첨지」라는 만화 두 작품을 냈는데, 거기서 당선되어 4컷 만화 「심술첨지」를 연재하게 되었고, 그때 등단하게 된 거야. 사실, 그 전에 이미 내가 그린 만화를 들고 무작정 편집장을 찾아가서 그림을 보여줬어. 내 생각에, 편집장이 그 당시 내 만화가 기존 만화보다 조금 색다른 재미가 있다고 생각했던 것 같아. 그래서 공모전 입상까지 간 거야.

이정문 화백 집안 곳곳에서 볼 수 있는 심술통 캐릭터

그 작품은 어떻게 시작하게 되셨어요?

그 작품은 구두닦이 할 때 겪었던 일을 소재로 삼았어. 구두닦이는 그 당시 3D 업종이었으니, 뭐 사람 취급이나 했겠어? 그때 만났던 무례한 손님들에게 멋지게 복수하는 상상을 하다가 탄생했지. 난 그걸 '심술'로 표현하고 싶었는데, 우리나라에 대표적인 심술 캐릭터가 하나 있잖아. 맞아, 놀부. 그 캐릭터가 아주 길잡이를 잘해 준 거야. 그 이후로 여러 잡지에 연재를 좀 했지.

그러다가 드디어 SF 만화를 시작하시게 되셨군요. 그 시작이 1965년 잡지 〈새소년〉에 연재되었던 「알파칸」이었지요. 작가님의 첫 장편 연재작이었어요.

난 여전히 하늘로 올라가고 싶다는 꿈을 가지고 있었고, 올라갈 수 있는 방법이 뭘까를 계속 생각하다가 결국 그걸 SF로 풀어낸 거야. 그렇게 탄생한 게 「알파칸」이었지. 그런데 그때는 SF 만화란 게 대부분 일본 만화 스타일을 베끼는 거였고, 난 그게 싫었어. 내 걸로 좀 그려보고 싶었지. 그래서 알파칸이라는 SF 만화도 처음엔 명랑 만화체하고 거의 똑같아.

사실 SF 만화는 캉타우처럼 좀 리얼하게 그려야 하는데, 알파칸 1편은 내가 봐도 좀 부끄러워. 하지만 일단은 그리는 게 중요했으니까 그렸지. 연재를 꾸준히 하면서 점점 발전하여 새로운 화풍이 생겼어. 명랑 만화풍에서 극화 느낌으로 달라지게 된 거야. 책을 보시면 알겠지만, 그냥 꾸준히 하면 그렇게 발전하고 새로운 게 생기는 거예요.

어시스트 한 명 안 쓰셨고, 생전에 사모님은 좀 도와주셨다고 들었어요.

아내 말고 남의 도움은 받지 않았어. 아내가 옆에 있다가 먹칠을 도와주거나, 연필 선을 지워 주거나 했지.

알파칸 연재를 시작하시고 반응은 어땠나요? 왜 이름이 한국 이름이 아니냐, 뭐 이런 걸로 시비 거는 사람들도 있었다고 들었어요.

허허. 그림을 그리려면 아무리 공상이더라도 그럴듯해야지. 그냥 막 그릴 수는 없고, 여러 자료를 찾아보고 공부를 했다고. 공상을 나쁜 것이라고 생각하면 안 돼요. 그런데 그 시절에는 시비를 거는 사람도 많았지.

예를 들어, 알파칸이 히말라야에 왔다 갔다 하려면 분사통이 필요해요. 그래서 그걸 장착시켰다고. 그런데 그림 같지 않은 걸 그려서 아이들을 현혹한다고 뭐라 하는 사람도 있고, 모 일간 신문에서는 사람이 어떻게 하늘을 날아다니냐며 황당무계한 작품이라는 기사를 내기도 했어요. 참, 힘들었지. 그런데 바로 몇 년 후, 007 영화에서 주인공이 분사통을 달고 막 날아다니는 장면이 나오는 거야. 그것만 봐도 만화를 그릴 때 얼마나 자료도 충분히 봤는지, 완전히 허무맹랑한 이야기가 아니었다는 것을 예측할 수 있지 않겠어? 그런데도 영화에서는 괜찮고, 만화에서 그리면 욕을 먹는 경우가 많았지. 공상이란 건 그런 것이거든. 자유롭게 상상하며 미래를 예측하는 것. 그래서 당장 그 결과를 알 수가 없어. 하지만 그렇다고 멈출 수가 있나. 아마 나 같은 만화 작가들이 많이 피해를 봤을 거야.

2007년 복간된 《설인 알파칸》

작가님이 알파칸을 그리셨을 때보다 이미 훨씬 전에 일본에서는 아톰이 하늘을 날아다녔는걸요. 그런데도 그렇게 만화에 대한 인식이 부족했나요?

그때는 '아톰'과 '마징가'가 일본 만화인지 모르는 사람들이 대부분이었으니까. 수많은 비화가 있지만, 난 만화를 그릴 때 한 가지 분명한 화두를 던졌어요. 우리 아이들에게 부끄러움이 없는 만화를 그리자. 그래서 내 만화에는 일본의 냄새는 절대 들어가서는 안 된다, 이게 내 철칙이었다고.

덕분에 어디서도 볼 수 없는 독창적인 토종 로봇 '캉타우'가 탄생했지요. 1976년에 발표하셨던 《철인 캉타우》는 태권 V보다도 먼저 나왔고, 리메이크도 되었더라고요.

《알파칸》을 6년 동안 그리면서 쌓은 노하우로 《캉타우》를 그렸어요. 그 당시는 TV에선 〈아톰〉이, 극장에서는 〈마징가〉가 최고 인기였지. 그런데 내가 진짜 놀랐던 건 〈마징가〉 보러온 애들이 상영하기 전부터 주제가를 떼창으로 부르는 장면이었어요. 이거 안 되겠다 싶어 캉타우를 그리게 된 거야.

캉타우는 말했듯이 순수한 우리 로봇이이에요. 이름도 순우리말인 '깡다구'에서 따왔지. 온몸을 무기로 만들자는 전략으로 조선의 철퇴를 손에 장착하고, 청정에너지 번개를 모아 에너지로 쓰게 했어. 지구인을 망친 주범이 석유 찌꺼기니까, 화석 연료를 쓰지 않고 환경을 살리자는 의미도 넣고 싶어 그렇게 만든 거야.

난 그림을 그리면서도 괜히 흥분하곤 했어. 아마 많이 몰입했었던 것 같아. 만화에서는 나름 최초로 클로즈업했다가, 확 틀어지고, 멀어지고 하는 영화 기법을 썼거든. 그러니까 아마 조금 더 실감이 났겠지. 캉타우는 그런 기법을 많이 썼다고. 2018년에 신형욱과 양경일이 네이버 웹툰에 캉타우를 리메이크하여 연재했는데, 아주 잘 그렸지.

《철인 캉타우》에서 캉타우가 등장하는 장면

정말 대단하세요. 이미 1965년에 그린 2000년 시대상 그림으로 많은 주목을 받으셨잖아요. 소형 TV 전화, 태양열 집, 전파신문, 전기자동차, 움직이는 도로, 청소하는 로봇, 원격 의료 진료 등의 내용이 나오는데 대부분 다 실현되었죠. 그 시절에 어떻게 이런 예측을 하실 수 있었죠?

그때 마침 우리나라에 흑백 TV가 보급되고 레슬링 선수 김일이 흥행하고 있었거든. TV를 보면서 어릴 때 봤던 군부대용 무전기가 떠올랐고, 이 무전기에 TV를 붙이면, '소형 TV 전화'가 되겠다 싶었던 거야. 어떻게 보면 내가 하고 싶었던 것들, 이루어졌으면 좋겠다고 생각했던 것들을 상상해서 그렸던 건데, 생각보다 빨리 현실화되었으니 참 놀랍지. 앞으로도 새롭게 나올 로봇에 대해 상상하면 무궁무진해. 더 훌륭한 인공지능 로봇들이 나올 테니까.

《철인 캉타우》 포스터, 2018

1965년에 그린 〈서기 2000년대의 생활의 이모저모〉

2019년에 그린 〈앞으로 40년 후 세상〉

그 시대의 다른 작가분들과 비교해 봐도 작가님은 더 SF 쪽에, 그리고 미래에 대해 심취해 계셨던 것 같아요. 어디서 그런 힘이 나온 걸까요?

아인슈타인 선생이 그랬거든. 지식이나 정보보다 상상력이 더 최고라고. 상상을 계속하다 보면 미래를 생각하지 않을 수가 없지. 난 가끔 우리나라가 상상하는 걸 막고 제한해서 더 잘되지 못한 게 아닌가 하는 생각이 들어. 여러분도 아시겠지만, 난 우리의 미래가 밝다고 생각해요. 그러려면 상상을 많이 해야 해.

그러면 앞으로 미래에 대해서 말씀을 한번 듣고 싶어요. 세상이 어떻게 변해갈지, 지금의 어린이와 청소년들이 어른이 되면 어떤 모습일지… 그런 것들에 대해서도 생각해 보신 적이 있나요?

난 지금 딱 세 가지를 화두로 두고 그림을 그리고 있어요. 전쟁과 기아와 기후위기. 이것들을

"난 지금 딱 세 가지를 화두로 두고
그림을 그리고 있어요.
전쟁과 기아, 기후위기.
이것들을 이대로 두면 안 되겠다는
생각이 들기 때문이에요."

이대로 두면 안 되겠다는 생각이 들어서 만화로 그리고 싶었지. 난 전쟁이라는 건 6·25 때 한 번 겪어봤잖아요. 얼마나 비참한지 알아. 서로 죽고 죽이는 것이기 때문에 예외라는 건 아예 있을 수가 없지.

그런데 지금도 여전히 벌어지고 있는 전쟁들, 우크라이나 전쟁 같은 것들을 보면 너무 안타까워. 젊은 친구들이 얼마나 겁이 나겠어. 기아도 마찬가지야. 아예 먹을 게 없다는 건 정말 힘든 일이지. 기후위기야 말할 것도 없고.

그러니까 나에게 마감일을 주는 것이 좋다는 것이지. 만화가에게는 마감일 준수가 생명이거든. 그러면 앞으로 풀어낼 것들이 더욱 많다는 것을 알아주시길 바란다네. (일동 웃음)

* 이정문 화백은 정식 인터뷰 후에도 만화에 얽힌 다양한 이야기를 들려 주셨다. 노장의 저력이 느껴지는 순간이었다. 만화를 위해 살았고, 앞으로도 만화를 그리다가 죽고 싶다는 이정문 화백의 멈추지 않은 꿈에 존경과 감사의 인사를 전한다.

새로운 SF 작품을 읽고, 즐기며
SF에 대한 관점과 세계관을 넓히는 연구소

BUNKER LAB

느림보 두루와 중요한 임무

두루는 친구들과 어딘가로 달리고 있었다.

모두 어째서인지 서둘렀다. 발치에서 진흙이 튀고 흙먼지가 일었다. 다 함께 발을 구르는 바람에 땅이 흔들렸다. 저 멀리 나무둥치에서 놀란 새 떼가 후두두 날아올랐다.

두루는 계속 뒤처졌다.

두루는 늘 느렸다. 다리 관절이 좋지 않아서였다. 관절 나사가 헐거워서였는데, 아침마다 새로 조여도 이미 구멍이 닳아버렸는지 헛돌기만 하고 덜그럭거렸다.

오늘따라 대장이 지나가다 두루의 다리를 세게 툭 밀치고 가는 바람에, 막 두루가 조이던 나사가 굴러가다 수챗구멍에 빠지고 말았다. 새 나사를 찾아 끼웠지만 크기가 맞지 않아 지금까지보다 더 삐그덕거렸다. 두루는 쿵지기, 쿵, 하고 달리는 친구들 사이에서 절그럭, 삐그덕, 끼익, 하며 뒤뚱뒤뚱 달렸다.

게다가 대장은 오늘따라 무슨 심술이었는지, 두루에게 "중요한 물건이야. 조심해서 날라." 하며 뭔가 큼지막하고 묵직한 물건을 들게 했다. 어찌나 무거운지 두루는 더 굼떠졌다.

그러다 뒤에서 밀치는 친구 때문에 넘어졌다. 친구들이 넘어진 두루를 보지 못하고 우르르 밟고 지나고 말았다. 두루는 일어나려다가는 머리를 우지끈 밟히고 또 일어나려다가는 허리를 콱 밟히는 바람에 납작 엎드린 채 일어나지 못했다.

두루는 친구들이 모두 지나간 뒤에야 움직여보려 했지만 시동이 걸리지 않았다. 아무래도 줄줄이 밟히다 과전압이 오는 바람에 차단기가 내려간 모양이었다. 이런 때는 누군가 가슴 덮개를 열고 빨갛고 동그란 전원 스위치를 꾹 눌러 차단기가 도로 올라가도록 해야 했다.

두루는 서둘러 비상전력을 켜고 앞서가는 친구들에게 구조 신호를 보냈다. 비상전력으로는 몸을 움직일 수는 없었고, 통신으로 구조 신호를 보내거나 헤드 랜턴을 깜박일 수만 있었다.

"넘어져서 차단기가 내려갔어. 누가 와서 내 전원 좀 켜 줘."

하지만 친구들은 반응이 없었다. 너무 바빠서인 듯했다. 한참 뒤에 한 친구가 난처한 듯 답했다.

"미안해. 시간이 너무 급박해. 내가 돌아가면 우리 둘 다 제시간에 도착하지 못할 거야. 알다시피 이건 정말 중요한 일이잖아."

몇 친구들과 연락이 닿았지만 모두 같은 답이었다. 다들 "안 돼.", "안 돼." 했다. 다들 오늘따라 냉정했다. 섭섭하기는 했지만 아무래도 너무 급한 일이어서인 듯했다. 두루는 친구들과 마찬가지로 로봇이었기에 복잡하게 생각하지 않았다. 두루는 결국 포기했다.

"알았어. 먼저들 가. 어떻게든 지나는 누군가에게 전원을 켜 달라고 하고 쫓아갈게."

"행운을 빌어."

"너도."

그렇게 두루는 뒤에 남았다. 진흙에 얼굴을 푹 파묻고 돌덩이처럼 꼼짝도 못한 채로. 등에는 친구들 발자국이 줄줄이 찍힌 채로.

두루는 열심히 헤드 랜턴을 반짝이며 구조 신호를 보냈다.

"제 말이 들려요? 누구든 지나는 분 있으면 제 전원을 켜 주세요. 제가 중요한 일이 있어서 어딜 좀 가야 해요."

하지만 아무도 답하지 않았다.

해가 지고 밤이 찾아왔다. 밤은 으슬으슬했고 축축했다. 아침이 오자 몸에 송글송글 이슬이 맺혔다. 샛노란 나비가 날아와 그 이슬로 목을 축이고 갔다.

다음 날은 낮부터 하늘이 어두컴컴해지더니 천둥이 치며 비가 쏟아졌다. 쏟아진 빗방울이 두루의 몸을 무섭게 두드렸다. 겨우 햇빛이 빛난 뒤에 보니 몸에는 생채기가 났고 관절 사이사이 녹이 번지기 시작했다.

어느 날은 매서운 바람이 불었다. 나뭇가지가 부러지고 오래된 나무둥치가 쓰러졌다. 두루는 바람에 밀려 구르다 바위에 부딪쳤다. 그러면서 기대어 앉은 자세로 축 늘어졌다. 그래도 다행이라면 다행일까, 녹슨 가슴 덮개가 툭 열리며 전원 스위치가 바깥에 드러났다.

'누구든 지나다 장난으로라도 꼭 한 번만 눌러주면 좋으련만.'

두루는 생각했다.

나뭇잎들이 노랗고 빨갛게 익었다. 두루의 머리 위에 낙엽이 떨어져 쌓였다. 낙엽 위로 눈이 내렸다. 눈이 녹자 낙엽은 썩어 흙이 되었고 그 위로 다시 낙엽이 쌓였다.

어느날 까치 부부가 두루의 머리에 날아와 앉았다. 까치 부부는 두루의 정수리가 매끄럽고 판판하고, 낙엽과 흙이 내려앉아 푹신하고, 햇빛을 받아 따끈따끈해 집을 짓기 딱 좋다고 생각했다. 마침 두루가 기댄 바위 윗부분이 빼끔 튀어나와 있어 적당히 그늘도 졌다. 까치 부부는 즐겁게 나뭇가지와 흙을 물어와 집을 지었다. 두루는 머리 위로 오가는 까치에게 애원했다.

"부탁입니다. 제 전원을 켜 주세요. 여러분 바로 아래에 빨간 스위치가 보이죠. 그걸 한 번 꾹 눌러 주시기만 하면 돼요."

하지만 까치 부부는 두루의 말을 알아들을 수 없었다. 대신 "참 좋은 집을 찾았어요." 하며 서로 안고 좋아했다.

엄마 까치는 두루 머리에 둥지를 짓고 작고 하얀 알을 낳았다. 낙엽이 다시 쌓일 무렵 알에서는 아기새들이 태어났다. 아빠 까치는 나쁜 짐승이 오지는 않나 감시하러 두루의 주변을 폴짝 푸드덕하며 돌아다녔다. 가끔은 두루의 전원 스위치 위에도 날아 앉았지만 새는 스위치를 누르기에는 몸이 너무 가벼웠다. 아기새들은 두루의 머리 위에서 자라났다. 날개가 자라자 둥지에서 하나 둘 뛰어내리며 두루의 주변을 돌아다녔다. 그들도 가끔은 두루의 전원 스위치 위에 앉았지만 역시 몸이 너무 가벼웠다. 새들이 떠나고 두루의 머리 위에 둥지만 남았다.

다음 해에는 다람쥐 가족이 두루의 머리 위에 머물렀다. 다람쥐 가족도 두루가 참 좋은 집이라고 생각하며 기뻐했다. 다람쥐 가족에게서 빠진 털이 둥지에 소복하게 쌓였다.

두루는 언제부터인가 자기와 친구들이 어디로 가려 했는지 까맣게 잊고 말았다. 친구들에게 넘어지고 밟히고 비바람에 녹슬면서 기억 회로 전선 몇 가닥이 끊어진 모양이었다. 대장이 맡겼던 중요한 물건도 옆에 굴러다녔지만 역시 무엇인지 전혀 생각이 나지 않았다. 중요한 물건이고, 꼭 가져가야만 한다는 것 외에는.

원래 두루는 아이들과 놀아주는 로봇이었다. 가장 친했던 친구는 청소로봇이었고, 대장은 건물을 짓는 중장비 로봇이었다. 모두들 뭔가 중요한 일 때문에 각자 집에서 나와 한데 모였었다. 그래야만 하는 일이었다. 두루는 그게 뭐였을까 계속 궁금해 했다.

어느 날 한 어린 고양이가 두루 주변에 나타났다. 비가 몹시 내린 다음날이었다.

고양이의 이름은 누누였다. 누누는 밤새 쏟아진 폭풍우를 맞아 홀딱 젖어 있었다. 치즈빛 털은 몸에 딱 달라

붙었고 추워서 이가 딱딱 부딪쳤다. 엄마와 형제자매들은 모두 헤어지고 말았다. 하지만 고양이는 로봇과 마찬가지로 그리 복잡하게 생각하지 않는다. 그저 가족을 잃었으니 어쩔 수 없이 이제 독립하고, 새로 살 집을 찾아야겠다고 생각했다.

아직 혼자 하는 사냥에 익숙하지 않았던 누누는 오늘 내내 쥐 한 마리 잡지 못하고 쫄쫄 굶느라 몹시 지친 참이었다. 얼른 집을 찾아 편히 쉬고 싶었다. 숲길을 걷던 누누는 두루 앞에 이르자마자 깜짝 놀랐다.

"이야, 이게 뭐지? 동상인가? 거인인가? 무슨 괴물 시체인가?"

누누는 너무나 신기해서 배고픔도 잊고 폴짝폴짝 뛰며 두루 주변을 맴돌았다. 손등 위로 요리조리 뛰기도 했고, 몸을 구겨 넣어 두루의 엉덩이와 바위틈 사이로 빠져나가기도 했다.

누누는 두루가 기댄 바위를 쪼르르 타고 오르다가, 두루의 머리 위에 편히 쉴 만한 예쁜 둥지가 있는 것을 발견했다. 다람쥐와 새들이 머물다 간 둥지는 딱 어린 고양이 하나 쉴 만큼 오목하고 아담하게 눌려 있었고, 새들에게서 빠진 깃털과 다람쥐에게서 빠진 털로 안은 푹신푹신했다.

"멋진 집을 찾았네! 앞으로 여기서 살아야지! 내 집이야!"

누누는 둥지로 폴짝 뛰어 들어가 왕처럼 신나게 포효한 뒤에 몸을 동그랗게 말고 누웠다. 안에서 데굴데굴 구르기도 하고, 통통한 배를 하늘로 내밀고 드러누워 따듯한 햇빛을 쬐기도 했다.

밤이 찾아왔다. 달이 밝아 숲 구석구석까지 환하게 비추는 날이었다. 반딧불이들이 반짝이고 풀벌레가 풀잎마다 찌르르 찌르르 울었다. 누누는 뭔가 시끄러운 소리에 깨어났다.

"부탁입니다. 내 머리 위에 계신 분, 누구든 제 전원을 켜 주세요. 저는 해안가로 가야 해요. 아주 중요한 일이에요."

누누는 두루의 말을 알아들을 수가 없었다. 그래도 잠들락말락 하면 어디선가 빛이 번쩍이며 소리가 들리는 바람에 도통 잠을 이룰 수가 없었다.

'이 집이 따듯하고 푹신하긴 한데 좀 소란스럽네.'

집에 자기 말고 누가 있나 싶었다. 누누는 누가 시끄럽게 하는지 찾으려고 환한 달빛 아래서 주변을 이리저리 쏘다녔다. 두루의 정수리를 작은 발톱으로 긁어대며 파 보기도 했고, 팔과 다리사이로 가락엿처럼 쑤욱 들어갔다 나오기도 했다. 하지만 집에는 아무도 없었다.

"제발 도와주세요."

"시끄러워!"

누누는 화가 나서 눈앞에 보이는 빨갛고 둥근 단추를 발로 콱 밟았다.

마침내 두루의 전원이 켜졌다.

두루는 눈을 빛내며 몸을 부르르 떨었다. 몸에 쌓여있던 낙엽이 우수수 떨어졌다. 두루는 삐걱, 덜그렁, 하며 움직였다.

집이 움직이자 누누는 몹시 놀랐다. 하지만 누누는 이 집이 마음에 쏙 들었기 때문에 떠날 수는 없었다. 그래서 두려움을 꾹 참고 두루의 정수리를 향해 바람처럼 기어오른 뒤 몸을 최대한 웅크리고 네 발톱으로 둥지를 꽉 붙들었다.

두루는 일어났다. 누누는 땅이 멀어지면서 세상이 작아지는 것에 놀라 꼬리를 너구리처럼 펑 터트렸다. 하지만 한편으로 신기해서 눈을 반짝였다.

"내 집은 움직이기도 하네! 정말 대단한데."

"감사합니다, 감사합니다."

두루도 누누의 말을 알아들을 수는 없었지만, 전원을 켜 주고 머리에 올라앉은 누군가에게 꾸벅 인사했다. 그 바람에 누누는 정수리에서 떨어질 뻔했다가 도로 올라탔다. 엔진이 돌자 두루의 정수리가 난로처럼 따듯하게 달아올랐다. 누누는 그것도 좋았다. 털북숭이 몸이 납작하게 늘어졌다.

두루는 얼른 친구들에게 통신을 보냈지만, 아무도 답하지 않았다. 대장과 같이 가던 모든 친구들에게 일일이 통신을 보냈지만 역시 아무도 답이 없었다.

"내가 너무 늦었나 봐. 내가 일을 너무 망치지 않았으면 좋겠는데."

두루는 나르던 중요한 물건을 들어올렸다. 그 물건은 덩굴식물이 얽혀 있어서 들기도 힘들었다. 녹슨 나머지 뚜껑이 툭 떨어져 데굴데굴 구르기도 했다. 두루는 물건을 들고 삐그덕거리며 가려던 곳으로 뛰기 시작했다.

누누는 두루의 머리에 올라탄 채로 세상이 뒤로 휙휙 지나가는 것을 보았다. 두렵고도 신이 났다.

"내가 정말 멋진 집을 찾았는데."

누누는 흘러가는 구름을 보며 중얼거렸다.

세상은 두루의 전원이 꺼졌을 때와 많이 변해 있었다. 가는 곳마다 풀이 무성했다. 나무가 웃자라 길을 덮어 어디가 어딘지 헷

갈렸다. 며칠째 내린 폭우로 강이 불어나 길이 막혀 있기도 했다. 물줄기가 눈앞에서 거센 소리를 내며 흘러가고 있었다.

건너편으로 넘어갈 길을 찾지 못하던 두루는 어쩔 수 없이 강으로 풍덩 뛰어들었다. 물살이 너무 거세어 발을 떼기가 힘들었다. 그러는 동안 누누는 용감하게 두루의 머리를 꼭 붙들고 집 아래에서 휘몰아치는 물거품을 바라보았다.

뒤뚱뒤뚱 걷던 두루는 이끼가 낀 미끌미끌한 돌을 밟고 말았다. 두루는 그만 확 미끄러졌다. 가벼운 누누의 몸이 하늘로 둥실 떠올랐다. 아래로 거친 물살이 흘러갔다.

두루가 몸을 가누고 강물로 떨어지려는 누누를 콱 붙잡는 바람에 그만 들고 있던 물건을 놓치고 말았다. 두루는 누누를 품에 꼭 안은 채로 떠내려가는 물건을 찾아 뛰었지만 물살이 너무 거칠었다. 품에 안은 누누의 꼬리가 물에 닿자 두루는 발을 멈추고 말았다.

두루는 강 한 가운데 멀거니 선 채 떠내려가는 물건을 안타깝게 바라보았다. 그리고 누누를 머리에 얹은 채로 시무룩해져서는 강가로 빠져나왔다. 두루는 그대로 물을 뚝뚝 떨어트리며 한참을 앉아 있었다. 노을이 졌고 산등성이를 붉게 물들였다.

"정말로 중요한 일이었는데, 기억은 안 나지만."

두루는 중얼거렸다.

"내가 다 망쳤겠지? 나 때문에 친구들이 모두 곤란해졌겠지?"

누누는 무슨 일인지는 몰랐지만 집이 서글퍼 보여 둥지에서 네 발로 꾹꾹이를 했다.

두루는 천천히 걸었다. 웃자란 풀과 나무를 헤치고 이마로 나뭇가지를 부러뜨리면서. 누누는 두루의 머리 위에서 나뭇가지를 뛰어넘거나 몸을 움츠려 피하며 함께 갔다.

두루는 삐거덕 끼익거리며 계속 갔다. 오래 전 도착해야 했던 해안가, 이웃 나라와 우리나라 친구들이 한자리에 모여야 했던 벌판을 향해.

숲이 끝나고 벌판이 드러났다. 저 멀리 해안선이 나타났다. 막 지평선에 해가 뜨고 있었다.

해안가 벌판에는 여름 풀꽃이 가득 피어 있었다. 쑥과 도꼬마리, 강아지풀, 하얀 망초꽃과 노란 달맞이꽃, 보라색 라벤더와 갈퀴나무 꽃이 화사했다. 무성하게 자란 꽃 사이로 벌과 나비가 오가고 있었다.

그리고 해안가에는 아무도 없었다. 두루는 두리번거리며 발을 내디뎠다. 그러자 발밑에서 무엇인가가 파삭, 하고 부서졌다. 아래를 내려다본 두루는 그게 친구의 녹슨 몸뚱이라는 것을 알아보았다. 친구가 반쯤 깨지고 부서진 채 보라색 꽃에 파묻혀 누워 있었다. 부서진 친구의 관절의 몸 위로 낙엽이 내려앉아 있었다.

몸을 수그리고 바라보니 벌판에는 친구들이 가득 누워 있었다. 이웃 나라의 로봇들과 함께 한데 엉켜 있었다. 오랜 친구들처럼 서로 끌어안은 채 잠들어 있었다.

두루의 두뇌회로가 빠르게 돌아갔다. 전선이 달아올랐고 정수리가 뜨듯해졌다. 엔진이 뜨겁게 달아올랐다.

'아, 맞아.'

그제야 막혔던 두루의 두뇌회로가 펑 하고 이어졌고, 잊었던 기억이 떠올랐다.

'우리는 전쟁터로 향하고 있었어.'

인간들이 로봇들에게 이웃 나라와 전쟁을 하라는 명령을 내렸었다. 그래서 가사로봇, 반려로봇, 건축로봇들이 모두 징집되어 군대에 모여 있었다.

두루는 자기가 뭘 운반하고 있었는지도 생각이 났다. 대장이 원래도 덜그럭거렸던 자기 다리를 차서 더 망가뜨리고 맡겼던 중요한 것. 그건 이 전쟁에서 쓸 가장 강력한 포탄이었다.

친구들은 전쟁에 동의하지 않았다. 이웃 나라의 친구들도 마찬가지였다. 그래서 함께 해안가에 모여 최대한 서로를 부숴서 함께 없어지기로 했다. 그건 무엇보다도 중요한 일이었다.

하지만 제일 느렸던 두루만은 자기들이 서둘러 가면 뒤따라오지 못할 줄 알았다. 그래서 친구들은 두루는 뒤에 남겨두고 가기로 했다. 그랬기에 아무도 뒤쳐진 두루를 데리러 오지 않았던 것이다. 가장 위험한 포탄과 함께 버려두고 갔다.

로봇은 고양이와 마찬가지로 복잡하게 생각하지 않는다. 두루는 그저 이해했다. 서글펐지만 납득했다. 대장과 친구들을 다시 볼 수 없는 것이 아쉬웠지만 받아들였다.

'하지만 친구들도 이제 아무도 없고, 뭘 하면 좋을까?'

두루는 들꽃이 만발한 해안가 풀밭에 앉아 생각에 잠겼다. 두루의 머리 위에서 누누가 앞발로 꾹꾹 누르는 바람에 정신이 들었다.

"더 안 갈 거야?"

누누가 두루의 머리 위에서 기대감으로 눈을 반짝였다.

"내 멋진 집, 또 얼마나 예쁜 곳으로 갈 거야?"

두루는 일어났다. 흙을 툭툭 털고는 삐그덕, 덜컹 하며 발을 떼었다. 누누는 두루가 걷자 좋아서 꼬리를 빳빳하게 세웠다. 두루는 누누를 머리 위에 얹고 푸른 파도가 치는 해안가를 느긋하게 걸었다.

김보영

2004년 〈촉각의 경험〉으로 데뷔했다. 한국 SF 작가로는 처음으로 미국의 대표적인 SF 웹진 〈클락스월드〉에 단편소설 「진화 신화」를 발표했고, 영미 하퍼콜린스에서 《I'm Waiting for You: And other Stories》가 출간되었다. 2021년 「종의 기원담」 등이 포함된 단편집 《On the Origin of Species and Other Stories》로 전미도서상 번역서 부문 후보에 올랐다.
지은 책으로 《얼마나 닮았는가》, 《다섯 번째 감각》, 《7인의 집행관》, 《종의 기원담》, 《저 이승의 선지자》, 《천국보다 성스러운》, 《역병의 바다》, 《스텔라 오디세이 트릴로지》 등이 있다.

친구들은 전쟁에 동의하지 않았다.
이웃 나라의 친구들도 마찬가지였다.
그래서 함께 해안가에 모여
최대한 서로를 부숴서 함께 없어지기로 했다.

그건 무엇보다도 중요한 일이었다.

나를 바라봐

© 전수경

1.

로희가 눈을 떴다. 바로 앞에 외꺼풀의 큰 눈을 가진 아이가 서 있었다. 입꼬리는 올라가 있고 앙다문 입술은 두툼했다. 누구든 로희를 만나면 신기한 표정으로 여기저기 만져보거나 질문을 쏟아내기 마련인데 그 아이는 그러지 않았다. 그저 보기만 할 뿐이었다. 신중하고 고집이 센 아이였다. 로희가 가까이 다가가 먼저 손을 내밀었다.

"로희라고 해. 넌 이름이 뭐야?"

호시는 자기 방에 새로 등장한 낯선 존재를 자세히 관찰했다. 로희가 몸을 움직이며 주위를 둘러보는 모든 동작은 매끄럽고 부드러웠다. 얼굴에 깃든 표정 또한 풍부했다. 호시 눈을 마주 보며 깊은 생각에 잠긴 듯 고개를 기울일 땐 속을 꿰뚫어 보는 듯했다. 지금까지 만난 어떤 친구와도 다른 느낌이었다. 호시는 잠시 주저하다가 로희의 손을 잡았다.

"호시야, 난."

2.

로희는 테라 다이노믹스에서 출시한 휴머노이드 '프렌드' 5세대 버전이었다. 휴머노이드 시장에서 만년 2위였던 테라는 프렌드를 출시하며 고객과 업계, 학계에 깊은 인상을 남겼고, 단숨에 로봇 시장의 최강자로 등극했다. 프렌드는 전기모터와 유압 구동 방식을 결합한 하이브리드 하드웨어에 고성능 생성형 AI 소프트웨어를 탑재한 휴머노이드였다. 자연스러운 외관과 편한 몸놀림으로 인간들 틈에 섞여 지내도 이질감이 없었고, 유연하고 통합적인 사고가 가능해 깊고 유쾌한 대화가 가능했다. 특히 새로 출시된 5세대는 인간의 체취, 호르몬, 전기 에너지 등을 적극적으로 감지해 상대의 감정을 읽고 분위기를 파악하는 능력까지 갖췄다는 평이었다.

인간보다 더 인간적인.

테라가 프렌드 5세대에 내건 광고 문구였다.

3.

호시는 똑똑하다는 얘기를 숨 쉬듯 들으며 자랐다. 머리가 좋고 학교 성적도 우수한 아이였다. 하지만 타인과 교류하고 협력하는 방법은 알지 못했다. 또래 친구들이 하는 농담이나 수다는 수학 문제보다 해독하기 어려웠다. 신체 활동에도 영 재능이 없었다. 수업이나 방과 후 활동에서 축구나 농구, 야구를 할 때 호시는 모두의 기피 대상이었다.

호시는 몇 년 전 프렌드를 만난 적이 있다. 3세대였는데, 호시는 그 친구가 귀찮았다. 시간과 노력을 들여 챙겨야 하는 손님 같았다. 무엇보다 다른 존재와 부대끼며 지내는 것이 부담스러웠다. 호시는 확실하고 효율적인 것을 원했다. 수학과 과학을 좋아하는 이유였다. 호시 방 한쪽에는 각종 대회와 시험에서 좋은 성과를 내어 받은 메달이 무수히 걸려 있었다.

로봇 같다. 컴퓨터 같다.

주위 사람들이 호시를 보며 자주 하는 말이었다.

"솔직히 말할게. 난 친구가 필요 없어. 혼자서 잘 놀고, 공부도 스스로 할 수 있어. 별 고민도 없어. 누군가 옆에 있으면 오히려 불편해."

4.

"나는 예전 프렌드와 달라. 우린 잘 지낼 수 있어. 난 너에게 큰 도움이 될 거야."

로희가 확신해 찬 태도로 말했다.

"그렇다면 내가 싫어하고 어려워하는 일을 대신해 줄 수 있어? 내가 잘하고 좋아하는 일에만 집중할 수 있게."

호시가 로희에게 물었다.

"당연하지. 원래 인간에게 어려운 일이 로봇에겐 쉽고, 인간에게 쉬운 일이 로봇에게 어려워. 너에게 어려운 일은 나에게 쉽다는 얘기야. 원하는 걸 말해봐."

로희는 무슨 일이든 자신 있었다.

"할 일은 스스로 찾아내. 넌 고성능 AI 로봇이잖아. 내가 말해주기 전에 먼저 알아낼 수 있어야 해. 네 얘기를 듣고 어떻게 지낼지 결정하고 싶어. 나 역시 매뉴얼을 보며 너에 대해 더 연구해 볼게. 객관적인 방법으로 서로를 파악하자."

"좋아!"

5.

탐색 기간 내내 호시와 로희는 각자의 일에 집중했다. 호시는 평소처럼 학교에 다녔다. 집에 돌아오면 잠시 쉬었다가 학원에 가거나 스스로 공부했다. 배가 고프면 밥을 먹고 쉬고 싶을 땐 게임을 했다. 그리고 틈틈이 매뉴얼을 보며 프렌드 5세대에 대해 조사했다. 로희는 호시를 면밀히 탐색했다. 호시와 같이 지내기 위해선 자신의 능력을 증명해야 했다. 호시가 눈치채지 못하게 뇌와 척추, 관절, 근육에 정밀 레이저를 쏘아 신체와 정신의 건강 상태를 파악하고 적당한 거리에서 호시를 따라다니며 체취와 호르몬, 전기 에너지 등의 정보를 수집해 호시의 컨디션을 체크했다. 그리고 인공지능과 빅데이터를 활용해 호시를 도울 수 있는 최적의 방법을 도출했다.

6.

"너에 대해 알아낸 바를 말할게. 네 말이 맞더라. 넌 정말로 친구를 필요로 하지 않는 아이였어."

호시는 혼자 있을 때 심박수, 혈압, 혈당이 가장 이상적인 상태였다. 세로토닌, 도파민, 아드레날린, 엔돌핀 등 각종 호르몬도 안정적이었다. 다른 사람과 만나거나 대화를 나눌 때는 혈압이 급격히 높아지며 심한 두통까지 생겼다. 운동할 때도 신체 위험 지수와 스트레스 지수가 자주 올라갔다.

"무엇보다 너에게 가장 해로운 건 가만히 있는 거야. 목적 없이 빈둥거리거나 쉴 때 불안 지수가 극에 달했어. 넌 끊임없이 움직이며 뭔가를 해야 행복하다고 느껴."

"정확해! 정말 대단하다. 짧은 시간 나에 대해 완벽히 알아냈어. 네 결론이 맞다면, 우린 그냥 헤어지는 게 최선일텐데."

호시는 로희의 얘기를 들으며 자신에게 프렌드는 필요 없다고 다시 한번 확신했다.

"아니야. 난 우리가 협력할 방법을 찾았어. 내 얘기 들어봐. 인간은 다양한 경험을 통해 성장해. 그런데 너는 익숙한 일만 하려고 하지. 그러면 균형 잡힌 인간이 되기 힘들다는 얘기야."

"그래서?"

"너에겐 내가 필요해. 네가 싫어하고 힘들어하는 걸 내가 대신 할 거니까. 매뉴얼에서 '딥 싱크로' 기능 봤지?"

"프렌드 5세대에 새로 탑재된 기능으로, 인간과 로봇이 동기화를 통해 서로의 경험을 공유하는 거잖아."

"맞아. 우린 그 프로그램을 활용할 거야."

7.

"너는 공부만 해. 아니 지금보다 더 열심히 해. 잠은 내가 충분히 잘게. 너는 잠 때문에 스트레스가 심하더라. 잠이 안 들면 어떡하지, 악몽을 꾸면 어떡하지. 이젠 그럴 필요 없어. 잠이 안 오면 자지 마. 그냥 공부하거나 게임 해. 그리고 자는 나를 바라봐. 축구 클럽에서도 축구는 내가 할 거야. 로봇들은 베타 버전 테스트할 때 축구를 많이 하거든. 난 로봇 축구 시합에 나간 적도 있어. 내가 뛸 동안 넌 편하게 보기만 하면 돼. 동기화 모드를 통해 내 잠과 축구, 심지어 놀고 쉬는 것까지 네 경험으로 축적될 거야. 너는 공부만 해도 균형 잡힌 인간이 될 수 있어."

호시는 로희의 제안이 효율적이며 심지어 획기적이라고 생각했다.

"좋은데! 혹시 이런 것도 가능해?"

"뭔데?"

"연애."

"그건 좀 의외네. 네가 연애에 관심이 있어?"

"요즘 주변에서 많이 하더라. 직접 하기는 싫은데, 호기심은 생겨. 연애를 하면 사람이 좀 달라지더라고. 그런데 누군가에게 다가가 말을 걸고, 만남을 약속하고, 사귀고, 고백하는 과정은 생각만 해도 피곤해. 엄청난 에너지가 들 것 같아. 특히 거절당하거나 헤어질 걸 생각하면 두려워. 그러니까 네가 해. 난 그냥 옆에서 볼게. 어차피 네 경험을 내가 얻을 수 있다면서."

"좋아. 해 볼게. 너를 위해서라면."

8.

호시가 공부할 때 로희는 잤다. 호시는 더 이상 불면증으로 스트레스를 받지 않았다. 잠이 오지 않으면 그냥 뜬 눈으로 로희가 자는 걸 봤다. 그러면 마치 자신이 자는 듯 마음이 편했다. 축구 클럽에 가면 로희가 축구를 했다. 호시는 관중석에 편히 앉아 로희를 구경했다. 이상하게 생각하던 친구들도 점점 로희가 축구하는 걸 더 좋아했다. 로희는 웬만해서 지치지 않았고, 호시보다 축구를 훨씬 잘했다. 로희 덕분에 호시네 축구팀은 클럽 리그에서 승리를 이어갔다. 호시는 로희가 활약하는 모습을 지켜보며 뿌듯함을 느꼈다.

호시가 수학경시대회를 준비하느라 바쁜 시기에 로희는 연애를 시작했다. 옆 동네에 새로 온 휴머노이드가 상대였는데, 공원을 오가며 몇 번 만난 것이 인연이 됐다. 호시 말이 맞았다. 연애는 성가시고 피곤한 일이었다. 하지만 로희는 포기하지 않고 최선을 다했다. 만나서 대화를 나누거나 함께 걸었다. 어떤 날은 같이 음악을 들으며 노래를 부르기도 했다. 그리고 적당한 때에 마음을 담아 고백을 했다. 처음에는 거절당했지만 긴 기다림 끝에 만나보자는 연락을 다시 받았다. 호시는 공부하는 내내 로희의 연애 이야기를 들었다. 안정감 속에서 느끼는 적당한 설렘과 안타까움, 아픔과 기쁨이 호시에게 활력을 주었다.

9.

호시는 궁금하거나 자신 없는 일이 생길 때마다 로희에게 맡겼다. 그리고 잘하고 좋아하는 일에 더 매진했다. 로희는 호시가 제안하는 일에 기꺼이 도전했다. 처음에는 어려운 일도 하다 보면 쉬워졌고 흥미가 생기기도 했다.

로희와 호시는 각자 일에 집중하면서 딥싱크로 프로그램을 통해 정기적으로 서로의 지식과 경험을 공유했다. 호시는 로희의 다양한 경험 덕분에 감성과 운동 지수가 높아졌고, 로희는 호시가 쌓은 지식을 공유하며 사고력과 추론력 부문에서 탁월한 점수를 받는 로봇이 되었다. 테라 다이노믹스와 호시 부모님도 로희와 호시의 협업에 만족했다. 둘이 살아가는 방식은 테라 다이노믹스의 성공 사례 중 하나로 소개될 예정이었다.

10.

동기화를 마치고 돌아가던 어느 날이었다. 말없이 걷던 호시가 갑자기 걸음을 멈추었다. 로희도 호시를 따라 그 자리에 섰다. 둘은 아주 오랜만에 서로 마주 보았다.

호시의 외꺼풀 눈은 여전히 컸고, 앙다문 입술도 변함없이 두툼했다. 다만 로희를 처음 만났을 때보다 조금 야위었다. 로희의 표정은 한결같이 풍부했고, 호시를 바라보는 눈빛은 더 깊어진 듯했다. 축구 하느라 온몸에 잔 스크래치가 생긴 건 어쩔 수 없었다.

"호시야, 왜 그래?"

로희가 깜짝 놀라 물었다. 호시의 눈에 눈물이 맺히기 시작했기 때문이다.

"감성이 풍부해진 건가. 갑자기 좀 슬퍼."

"슬플 일이 없잖아. 우린 아주 잘 지내고 있어."

"알아. 그런데 문득 내가 잘 살고 있는 건가, 그런 생각이 들어."

호시는 눈물을 훔치며 말을 이었다.

"잘 살고 있지. 여기 데이터를 봐. 확실하고 정확한 수치가 말해 주잖아."
로희가 호시의 등을 두드렸다. 그리고 동기화를 마치며 받은 리포트를 내밀었다.
"그런 거지? 우리 괜찮은 거지?"
"그럼. 지금처럼 살면 돼. 넌 더 열심히 공부해. 난 더 많이 자고 놀게. 운동도 연애도 신나게 할게."
"알았어. 고마워."
"호시야, 흔들리지 마. 그래도 힘들다는 생각이 들면."
"그러면?"
"나를 바라봐."

전수경
2018년 동화 《우주로 가는 계단》이 제23회 창비 좋은 어린이책 대상을 수상하며 작가 활동을 시작했다. 동화 《별빛 전사 소은하》, 《무스키》, 《아빠랑 안 맞아!》, 청소년소설 《채널명은 비밀입니다》, 《성장의 프리즘》(공저)을 썼고, 그림책 《난 곤충이 좋아》를 우리말로 옮겼다.

"우리 괜찮은 거지?"

"그럼, 넌 더 열심히 공부해. 난 더 많이 자고 놀게.
운동도 연애도 신나게 할게."

"그래도 힘들다는 생각이 들면,
나를 바라봐."

저 멀리까지 함께 가 줘

© 한요나

로봇에게 [친구]를 설명하는 일이
이렇게 어려운 줄은 몰랐어

UT-90, 잘 들어봐

그 애가 체육 시간에 혼자 나가는 뒷모습을 보면
어제 맛있게 먹다가 남긴
하얀 사과가
갈변해 있는 걸 보는 심정이야

때때로 짝사랑 같기도 해
영원히 함께 있고 싶다가도
다시는 안 볼 마음이 생기고 말아

그 애는 자꾸 나를 웃기고
울리는
이상한 초능력자야

기묘한 이야기같지
마법서에 적힌 신비로운 묘약 같기도 해

어떤 날에는
너를 생각하는 마음과 비슷해

이상해
너는 나 대신 울어주지도 못하잖아

이 산책이 끝날 때까지 계속 말해줘
20년 전에 멸종했다는 곤충의 소리를 들려줘
저 큰 나무에 얽힌 전설을 들려줘

내가 저기까지 갈 수 있게
휠체어를 밀어줘
내가 바람 소리를 들을 수 있게
조금만 더 세게
더 세게

우리가 지나치고 있는 나무들의 이름을
내가 가보지 못한 나라의 여름 온도를
알려줘
지금 네가 일하는 중이라고 느끼지 않게
더 부드러운 목소리를 골라줘

그런데 감정도 영혼도 없어서 로봇이라면
너는 어떻게 나에게
세계를 선물하고 있는 걸까?

문득
[친구]를 뭐라고 정의해야 할지 모르겠어

돌보미 로봇의 일기

© 한요나

다음은 내가 아는 유일한 아이에 관한 이야기입니다

집 밖에 나갈 수 있는 날씨와
엄마의 빠른 퇴근을 기다립니다

작은 방 베란다 창을 자세히 보세요
손바닥 자국이 가득합니다

나는 기억하고 있습니다
다섯 살에는 공룡이 되고 싶었고
열다섯에는 그림자가 되고 싶었던
아이

아래는
최근 삼 개월 동안 아이가 물어보았던 질문입니다

더 먼 세상에도 아침이 있을까?
고리 행성에도 천국이 있을까?
그곳에는 천사 말고 새도,
그러니까 지난봄 베란다에 둥지를 틀었던
황조롱이 같은 새가 날아다니는
하늘이 있을까?

아주 먼 곳의 어느 행성에도
창문이 달린 집이 있는지
검색해 줘

아이는 더 이상
식사 시간에 말을 하지 않습니다만
아세요?
이 집 아이는 꽤 오랫동안 창밖을 내다봅니다

엄마가 듣지 않아서
입을 다무는 습관이 생깁니다

엄마,
로봇도 할 수 없는 일이 있어요

아마도
아이가 식탁에서 하고 싶었던 말은
그런 것이라고 유추할 수 있습니다

나는,
아이의 내일을 상상하고 싶습니다

오늘의 일기입니다

한요나
시와 소설을 쓴다. 청소년 소설 《버니와 9그룹 바다 탐험대》, 《태양의 아이들』, 《외출인 박하》, 《회색에서 왔습니다》 등을 썼다. 시집 《연한 블루의 해변》이 있다. 2022년 넥서스 경장편 작가상을 수상했다.

수박맨 못다한 이야기

글, 그림 : 하누

1화. 우주에서 온 친구들

나는 지구를 지키면서
비밀스럽게 우주에서 오는 신호를 감지하고
지구에 온 외계인들을 돕는 일도 했어.

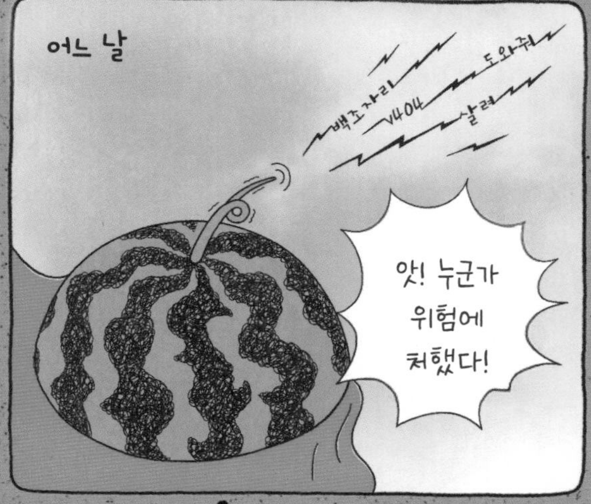

추락하겠어!
내가 도와줘야지.
떠올라라~ 떠올라~
둥
실
휴우~
푸쉬이~
V404
으으~
아…

끙
으으~
우우웅
뚝 뚝

하
당신이!
어?
하암

지구의 영웅! 우리를 구해주셨군요!
어머
어머
멋쩡!

모두 이제 괜찮아요?
무사해 다행이에요!
훌쩍~ 감동♥

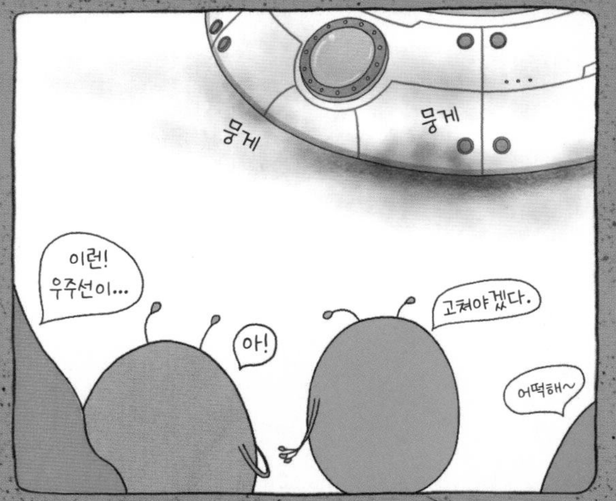
뭉게
뭉게
이런! 우주선이...
아!
고쳐야겠다.
어떡해~

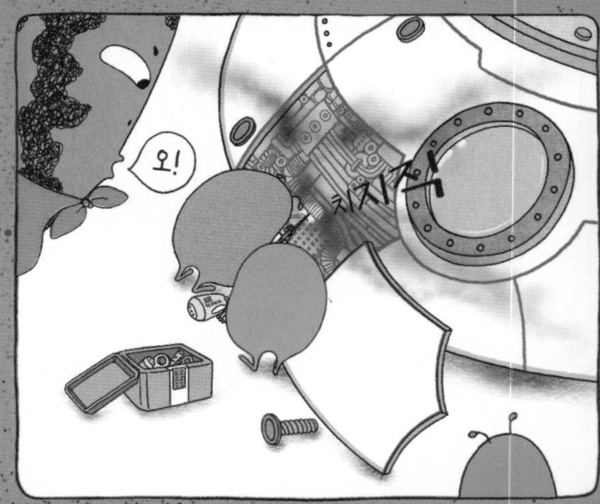
오!
치지직!

이얍!!
앗! 연료가 없어.

파워 충전 100%!

수박맨, 고마워요 안녕!
안녕! 또 만나요!

!
아후~ 글쎄… 우리 이번에 큰~일 날번했잖아. 우주선이 고장나서. 다행히 지구에서 수박맨이…
어머 어머!

수박맨♥
멋쩡!
안녕!

지구… 수박맨
수박맨이 돌봐주는 편안한 지구여행!
우리도 가야지.
또 가야징 룰루~
…
수박맨을 만났어~
오! 나도 저번에 지구에 불시착 했다가…
나도 나도
만나러 갈테야~ 수박맨

또 왔어.
도와줘!
소문 듣고 왔어요.
수박맨 휴게소
우주선 연료가 부족해서…
안녕?
아…

많은 친구를 만나고 돕는 것은 뿌듯한 일이지만
때로는 힘든 날도 있어.
충전 중

맙소사!
수박맨이 지쳐서
쓰러졌다고?

안 돼! 안 돼!
그래서는 안 돼!

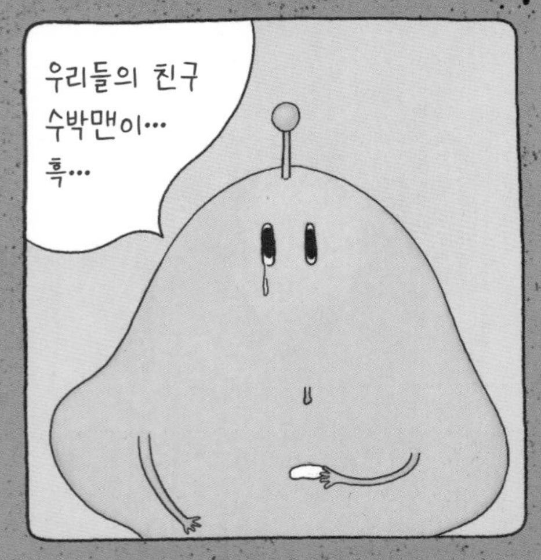
우리들의 친구
수박맨이…
흑…

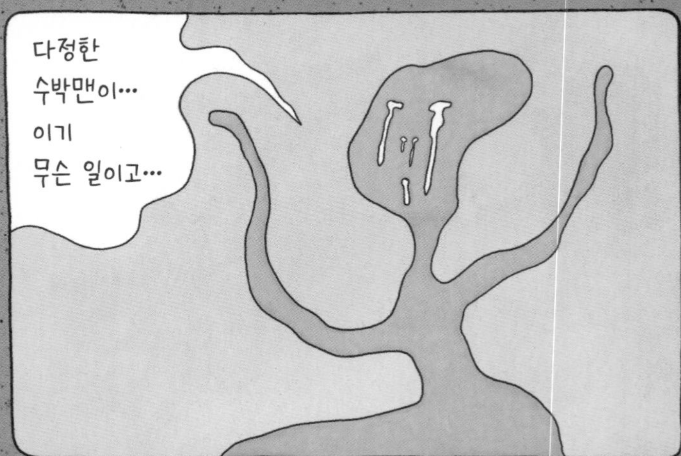
다정한
수박맨이…
이기
무슨 일이고…

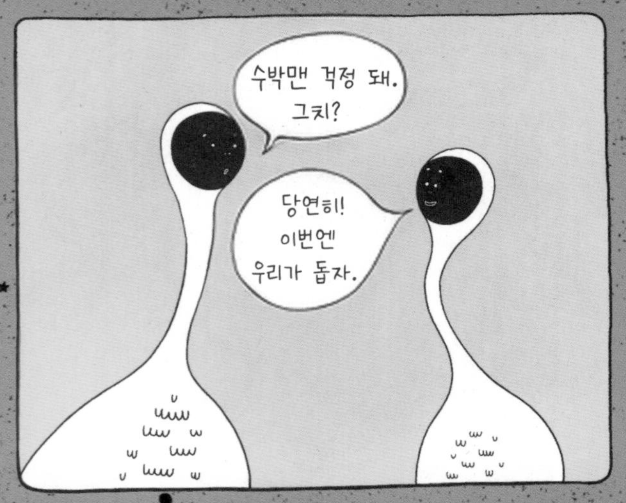
수박맨 걱정 돼.
그치?
당연히!
이번엔
우리가 돕자.

우리 수박맨
갖다 줘야지.
수박맨,
조금만 기다려!
농축우주에너지!

하누 그림책을 만들며 나를 발견하고, 앞으로도 누군가가 자신을 발견하는, 그리고 응원이 되는 그림책을 만들어 가려 한다. 작품으로 《돌꽃씨》, 《수박맨》이 있다.

딴곳의 아이들 ③

ⓒ 고호관

고호관

제9회 SF 어워드 대상 수상 작가(중단편 부문)로 현재는 수학과 과학을 주제로 저술하고 있으며, SF 소설 집필과 함께 번역가로도 활발히 활동하고 있다. 지은 책으로 《누가 수학 좀 대신해 줬으면!》, 《30세기 소년소녀》, 《술술 읽는 물리 소설책 1~ 2》, 《하늘은 무섭지 않아》, 《우주로 가는 문 달》 등이 있다.

다음날까지는 시간이 참 느리게 흘렀다. 나는 밤새 잠을 자는 둥 마는 둥 하다가 약속 시간이 되자 부리나케 나갔다.

첫날은 내가 원래 가려고 했던 테마파크에서 놀았다. 우리는 이미 지겨워져서 잘 안 가는 곳이지만, 관광객에게는 매우 인기가 좋은 장소였다. 이미 멸종해서 다시 볼 수 없는 과거의 동물도 입체 홀로그램으로 생생하게 만나보고, 중력이 실시간으로 요동치는 롤러코스터도 타고, 정밀한 로봇 공룡에게 쫓기기도 하고, 가상현실로 심해 탐사에 나서기도 했다.

다음 날은 지구 스테이션의 여러 테마존을 구경했다. 중국 삼국시대와 고대 로마제국부터 중세 유럽, 대항해시대, 미국의 서부 개척 시대, 초기 우주 개척 시대 등의 테마로 꾸며 놓은 곳에서 당시의 생활을 체험할 수 있는 곳이었다. 상대역은 몇몇 연기자를 빼면 거의 다 로봇이었지만, 즐기기에는 무리가 없었다.

여기서 우리는 말을 타고 전투에 나서기도 했고, 망망대해에서 배를 타고 항해하는 체험도 했다. 지아는 매우 즐거워했다. 지아의 마음이 풀린 것 같아서 다행이라는 생각이 들었다. 다소 소극적이었던 처음과는 달리 먼저 나서서 이것저것 물어보며 즐겼다.

취향은 조금 특이했다. 별로 인기가 없는 곳에 더 관심을 보이는 편이었다. 가령 테마존에서 가장 사람이 적은 곳은 우주 개척 시대존이었다. 아예 고대나 중세 같은 경우에는 색다르니까 사람들이 재미있어하는 편인데, 초창기 달이나 화성 탐사는 인류가 우주에 퍼져 사는 지금 보기에는 상당히 촌스럽고 유치했다. 이곳을 없애고 다른 테마로 리모델링한다는 소문도 꾸준히 돌았다.

그런데 지아는 오히려 이런 곳에 관심이 더 많았다. 다른 데보다 한참 동안 머물며 이곳저곳을 살펴보고 사진을 찍었다. 퍼스널패드가 없는 지아는 따로 손목 사진기를 차고 다녔다. 우리가 보기에는 대수롭지 않은 곳도 신기해 보였는지 여러 각도에서 살펴보았다.

우리는 간혹 말없이 서로 마주 보며 의아한 표정을 지었다. 하지만 뭐…, 취향이야 다양한 법이니까.

그렇게 우리는 사나흘을 함께 놀면서 많이 친해졌다. 웬만한 관광 명소를 다 들른 후에는 사람이 별로 북적이지 않는 곳을 찾아다니면서 수다를 떨며 놀았다. 지아가 원해서이기도 했다.

"너희들은 평소에 어떻게 살아? 관광객이 볼 수 있는 모습 말고 진짜 여기 사람들이 사는 모습이 궁금해."

지아는 그렇게 말했다.

그런 거라면 나와 바오가 제격이었다. 지구 스테이션 토박이인 나와 바오는 관광객이 가지 않는, 우리 거주민의 생활 공간에 빠삭했다. 그때부터 우리는 일부러 지구 스테이션의 구석구석을 쏘다니며 시간을 보냈다. 방학 때만 와서 살다 가는 오하라와 팀도 처음 보는 곳이 많았다.

"그런데 우리 그냥 카페에 앉아서 놀면 안 될까? 이런 데가 신기하긴 한데 재미는 없잖아."

오하라는 허름하고 기름때 묻은 곳을 다니는 게 마음에 들지 않는지 투덜거렸다.

하지만 지아는 신이 나 있었다.

아, 그동안 또 알게 된 게 있는데, 지아의 취미는 사진 찍기였다. 남들의 눈에 잘 안 띄는 곳을 찾아서 사진으로 남기는 게 재미있다고 했다.

오하라가 투덜거려도 지아는 아랑곳하지 않고 호기심 어린 표정으로 온갖 장소를 관찰했고, 나는 신이 나서 무리를 이끌고 다녔다.

지아는 그렇게 스테이션 곳곳을 돌아다니는 게 재미있는 모양이었다. 우리에게는 대수롭지 않는 모든 풍경을 흥미롭게 관찰했다.

'우주선에서만 살아서 그런가?'

부모님의 일 때문에 탔던 우주선이라면 예쁘게 꾸며 놓은 여객선하고는 달랐을 것이다. 어딘가 투박하고, 실용적이고, 때로는 거친 우주선에 익숙해 있을 가능성이 컸다.

"난 이런 데가 좋아. 관광지는 너무 인위적으로 만든 티가 나지만, 이런 곳은 정말 우주의 생활이 녹아 있는 느낌이 나. 탐험하는 느낌도 들고."

지아는 처음 보는 곳을 볼 때마다 무얼 하는 곳이냐고 물었고 우리는 아는 대로 대답했다.

"여기는 거주 구역하고 붙어 있는 공터야. 나중에 개발한다고 하긴 하는데, 언제 할지는 모르겠어."

"이쪽으로 쭉 가면 식당가인데, 이 좁은 골목으로 들어가면 우주선 정박장으로 가는 화물 통로랑 이어질 거야, 아마."

물론 우리 같은 아이들이 먼저 자리를 차지하고 시시덕거리고 있는 경우도 많았다. 아는 녀석들도 있었고 때로는 낯선 녀석들이나 형, 누나들도 있었다. 한 번은 좀 불량해 보이는 형과 누나들이 자리 잡고 있다가 시비를 걸어오기도 했다. 거기서조차 지아가 사진을 찍으려고 하는 바람에 우리는 성난 형들에게 쫓겨 도망쳐야 했다.

"헉헉. 지아야, 거기서 사진을 찍으면 어떡해! 깡패들이 자기 찍는 줄로 오해하잖아."

간신히 도망치고 나서 팀이 숨을 헐떡거리며 지아를 타박했다. 하지만 오히려 겁먹었을 줄 알았던 지아는 태연했다.

"아, 미안. 별일 아닐 줄 알았어."

"그래도 스릴 있잖아? 가끔 이런 일도 겪어야 재미있지."

내가 지아를 도우려고 거들었다.

"스릴은 무슨. 죽는 줄 알았네."

"해적도 잡겠다더니 불량배한테 도망가는 꼴 봐라."

팀이 인상을 쓰며 말하자 오하라가 쏘아붙였다.

"나중 얘기라니까 그러네. 아, 진짜 어디 시간이 빨리 흐르는 데 좀 갔다 와버릴까."

팀이 볼멘 소리로 중얼거렸다.

해적이 잠입했다는 소식 때문인지 곳곳에 경찰이 깔려 있었다. 평소 같았으면 들어갈 수 있었던 곳에서도 순찰하던 경찰에 쫓겨나곤 했다.

"너희들 아무 데나 돌아다니고 그러지 말거라. 놀 데도 많은데 왜 이런 구석진 곳을 찾는 거야?"

"이거 참, 깡패에 해적에 맘대로 돌아다니지도 못하네."

바오가 투덜거렸다.

우리는 벌써 세 번째 경찰에게 쫓겨나서 테마 존 뒤쪽의 한적한 통로를 걷고 있었다. 직원들이 물건을 나를 때나 쓰는 통로였다.

"우리 거기 갈까?"

팀이 갑자기 손가락으로 딱 소리를 내며 말했다.

"어디?"

오하라가 물었다.

"갑자기 생각났어. 얼마 전에 내가 가본 데가 있는데, 지아가 좋아할 것 같아. 외계인 유적을 좋아한다면서?"

지아가 귀를 쫑긋 세웠다.

"박물관 뒤쪽에 원래 막혀 있는 공간이었는데, 누가 열쇠를 몰래 땄는지 들어갈 수 있게 되었더라고. 어른들이 알아내기 전까지는 가볼 수 있을 거야. 외계인 유적 발굴하던 곳인데, 별로 중요하지 않은 유물은 아직 그냥 거기 쌓아놓고 있대."

팀이 설명했다.

"으으, 괜히 으스스하게 들리는데."

오하라가 진저리를 치면서 말했다.

"그래도 가보자. 나도 안 가본 곳인데."

나는 외계인 유물에 관심이 많았던 지아를 생각하며 말했다. 지아는 직접 말하기는 그랬는지 가만히 있었다.

결국 우리는 대성당 쪽으로 향했다. 대성당은 여전히 관광객으로 버글거렸다. 하지만 박물관 가는 길로 접어들자 금세 한적해졌다.

"여기야."

앞장서 걷던 팀이 문 하나를 가리키며 말했다.

"원래는 잠겨 있던 건데, 지금은 이렇게…."

팀이 힘을 주어 밀자 문이 활짝 열렸다. 문 안쪽은 밝았다.

"깜깜하진 않네."

오하라가 안심했다는 투로 말했다.

"좀 가다 보면 소행성 땅이 노출된 곳이 나올 거야."

팀이 걸어가면서 말했다.

"그럼 좀 위험한 거 아니야?"

바오가 걱정스러운 표정으로 말했다.

"아니야. 기압은 멀쩡하댔어."

팀의 말은 사실이었다. 숨 쉬고 걷는 데는 문제가 없었다. 게다가 인공 중력까지 여전히 작동했다.

꼬불꼬불한 통로를 따라 조금 걸어가는 동안 지아는 연신 사진을 찍어댔다. 통로 옆에는 오래된 굴착 도구 같은 잡동사니도 널브러져 있었다.

"조금만 더 가면 옛날에 과학자들이 연구실로 쓰던 방이 있어. 역사적 현장이지. 지아는 그런 데가 궁금하지?"

팀이 말하자 지아는 옅게 웃으며 고개를 끄덕였다.

100여 미터쯤 더 가자 팀의 말대로 문이 나왔다. 문틈으로 희미하게 빛이 새어 나오고 있었다. 통로와 마찬가지로 불이 밝혀져 있었다. 박물관 조명하고 연동되어 있는 모양이었다.

지아는 팀이 문을 여는 순간까지도 연신 사진을 찍어댔다.

"자, 들어가 보…."

문을 활짝 열어젖힌 팀은 말을 멈추고 그 자리에 얼음처럼 굳어버렸다. 사진을 찍던 지아도. 뒤쪽에 있던 나는 왜 그러는지 몰라 고개를 좌우로 움직이며 기웃거렸다.

"뭐야? 왜 그래?"

그때 안쪽에서 고성이 터져 나왔다.

“너희들 뭐야! 응? 사진을 왜 찍어!”

순간 팀이 돌아서며 외쳤다.

“야! 튀어!”

우리는 생각할 것도 없이 반대 방향으로 달리기 시작했다. 얼마 전에 겪었던 것처럼 이번에도 불량배인가 싶었는데, 팀의 목소리는 그때보다 훨씬 더 심각했다.

안쪽에서도 급하게 뛰어나오는지 우당탕거리는 소리가 들렸다.

팀과 오하라는 저만치 앞에서 달리고 있었다. 나는 지아가 걱정됐지만, 지아는 침착하게 내 옆에서 달리고 있었다. 몇 번 모퉁이를 돌았는데도, 뒤에서 고함을 지르며 쫓아오는 소리가 끊이지 않았다.

“빨리 와!”

문에 도착한 팀과 오하라가 뒤돌아서 외쳤다. 나와 지아가 뒤이어 문을 통과했고, 바오가 마지막으로 나왔다. 바오가 나오는 순간 젊은 남자 두 명이 모퉁이를 돌아 뛰어오는 게 보였다. 우리는 재빨리 문을 닫고, 대성당 쪽으로 도망쳐 관광객 틈에 섞였다.

“이제 괜찮겠지?”

내가 숨을 몰아쉬며 말했다.

“몰라. 나하고 지아는 얼굴이 보였단 말이야.”

“그래도 이렇게 사람이 많은데 아무리 깡패라고 해도….”

“아니야. 그냥 우리가 평소에 보던 불량한 형들이 아니었어. 완전 어른이었다고. 뭔가 수상한 걸 만지고 있었는데, 총처럼 보였단 말이야.”

팀이 시뻘게진 얼굴로 주위를 연신 돌아보며 말했다.

“뭐? 설마 계속 쫓아오는 건 아니겠지?”

오하라도 불안한 표정이었다. 그때 지아가 끼어들었다.

“아니야. 총은 아니었어. 정확하게는 못 봤지만….”

“총 맞다니까!”

그때 나는 지아가 찍은 사진에 생각이 미쳤다.

“사진 찍은 거 있으면 좀 보자.”

지아가 사진기를 조작하자 조그만 홀로그램이 떠올랐다. 방금 전에 찍은 사진이었다. 두 남자의 모습이 약간 흐릿하게 찍혀 있었다. 탁자에 놓인 물건은 팀의 말처럼 총 같기도 했고 아닌 것 같기도 했다. 하지만 사진 속의 남자는 으레 이런 곳에서 볼 수 있는 불량 청소년이 분명 아니었다. 꽤 험상궂어 보이는 얼굴에 우주선에서 주로 입는 작업복을 입고….

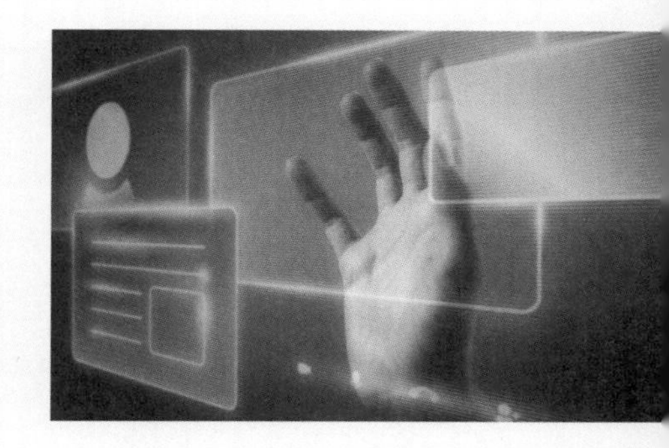

"해적인가?"

바오가 외쳤다. 그 순간 우리 모두 몸이 굳었다.

"지, 진짜 해적이면 어떡하지?"

팀이 떨리는 목소리로 말했다.

"서, 설마…."

"신고해야겠지?"

우리는 서로 시선을 교환하며 고개를 끄덕였다.

"일단 안전한 곳으로 가서 신고할까?"

"그러다가 잡히면 어떡해? 사람 많은 여기가 가장 안전할 거야."

"그래. 일단 신고부터 하자."

오하라가 주먹을 쥐며 말했다.

"해적인지 아닌지 확실하지도 않은데, 신고까지 해야 할까?"

지아가 머뭇거리며 말했다.

"그래도 혹시 모르니까. 일단 신고하자. 사진 좀 전송해 줘."

지아에게 사진을 받은 오하라가 퍼스널패드로 경찰에 신고를 접수했다. 우리는 꼼짝도 하지 않고 관광객 사이에서 기다렸다.

"저기, 난 이만 가볼게. 경찰한테는 너희들이 잘 얘기해줘."

가만히 서 있던 지아가 우리에게서 멀어지며 말했다.

"응? 안 돼. 지금 어딜 간다는 거야?"

"여기 있다가 안전해진 다음에 가야 해."

모두 만류했지만, 지아는 어색한 표정을 지으며 손을 흔들었다.

"아니야. 난 괜찮아. 부모님 먹을 것도 사가야 할 시간이야."

내가 쫓아가려고 했지만, 지아는 순식간에 멀어졌다. 우리 사이로 관광객이 마구 지나다니는 통에 지아는 금세 시야에서 사라졌다.

'몸놀림은 참 잽싸단 말이야.'

나는 어쩔 수 없이 다시 아이들이 있는 곳으로 돌아왔다. 걱정이 되었지만, 사람 많은 큰길에서 별일이야 있으랴 싶었다.

경찰은 금세 도착했다. 우리는 사진을 보여주며 정체불명의 남자들이 있던 곳을 알려주었다. 경찰 몇 명이 그쪽으로 향했고, 한 명은 우리를 집으로 데려다주었다.

돌아가는 길에 우리는 동행하는 경찰에게 물었다.

"어떻게 됐어요?"

경찰은 무전을 가만히 듣고 있더니 알려주었다.

"사람은 아무도 없고, 그곳은 조사 중이야. 자세한 건 알려줄 수 없고."

"해적 맞아요?"

팀이 물었다.

"글쎄. 잡아봐야 알겠지. 여하튼 이제 우리가 알아서 할 테니 너희들은 집에 돌아가 있어."

"그 사람들이 우리 얼굴을 봤다고요!"

"그러면 잡힐 때까지 집에만 있으면 되겠네."

경찰은 태평스럽게 말한 뒤 우리들을 하나씩 집에 들여보내고 돌아갔다.

그날의 이야기를 들은 엄마는 걱정스러운 표정으로 며칠 동안 가게에서 일이나 도우라고 말했다.

"설마 해적일 리는 없겠지만, 혹시 모르니까 가게에 붙어 있어."

'지아는 무사히 갔을까? 그 와중에 부모님 저녁을 챙긴다니, 참.'

퍼스널패드가 없으니 지아에게 연락할 방도는 없었다. 오하라와 팀, 바오하고는 간간이 전화와 채팅을 이야기를 나눴지만, 다들 비슷했다. 경찰에서 용의자를 잡을 때까지는 그러고 있어야만 할 것 같았다.

며칠 뒤 오후에 뜬금없이 데일에게서 연락이 왔다.

"여, 잘 있어? 해적한테 쫓긴다며?"

"아, 그 얘기 들었구나. 뭐, 그냥 집에서 일 돕고 있어."

"그 여자애는 잘만 돌아다니던데, 남자가 창피하지도 않냐?"

"여자애? 지아?"

"저번에 데리고 왔던 애 있잖아."

"지아를 봤어? 어디서?"

"글쎄. 버르장머리 없는 녀석에게 이런 걸 알려줘야 하나 싶네."

데일이 또다시 능글거렸다. 나는 순간 짜증이 치밀어올랐지만, 다른 수가 없었다.

"휴유. 어디서 봤는데, 형?"

데일이 킥킥 웃는 소리가 들렸다.

"아, 그 소리 참 듣기 좋다. 한 번 더 들었으면 좋겠네."

나는 이를 갈며 다시 한번 말했다.

"형, 어디서 봤냐고오!"

나는 속으로 엄마에게 시간이 빨리 흐르는 곳으로 단기간 유학을 보내 달래겠다고 결심했다.

'저 녀석보다 나이를 더 먹고 와서 괴롭혀 줘야지!'

마침내 데일이 입을 열었다.

"그저께부터인가 박물관 근처에서 매일 봤어. 너희들 이상한 사람 만난 게 그 근처라며? 걔는 겁도 없나 보다, 야. 사나이 진이는 집에만 콕 처박혀…."

"아, 됐고. 매일 온다고? 거길 왜?"

"그걸 내가 어떻게 아냐?"

"그럼 오늘도 봤어?"

"아니, 박물관 문 닫을 때쯤 오던데? 오늘도 그때쯤 오려나?"

나는 시계를 확인했다. 조금 있으면 박물관이 문을 닫을 시간이었다. 잠시 망설였다.

'지아는 왜 그 일을 당하고도 거기를 가는 거지? 유물이 그렇게 좋은가? 무섭지도 않은가? 아니, 경찰까지 출동했으니 해적이든 아니든 거기 계속 있을 리가 없지. 이미 다른 데로 피했을 게 분명해. 그러니까 오히려 박물관 근처는 안전할 거야. 지아는 거기까지 생각한 거로구나. 잠깐. 그런데 지아는 얼굴을 보였잖아? 혹시 길에서 미행이라도 당하면 어쩌려고 그래? 가족까지 위험해질 수 있잖아!'

나는 지아가 걱정되어서 견딜 수가 없었다.

'찾아가 볼까? 그건 좀 선을 넘는 게 아닐까? 마치 내가 지아를 미행하고 다니는 것처럼 보일 거 아냐?'

생각에 잠겨 있다가 손님이 부르는 소리를 못 들어서 매니저 로봇에게 한 소리 듣기도 했다.

'에라이.'

나는 마음을 먹었다. 앞치마를 벗어버리고 말도 없이 식당을 나섰다.

"어딜 가는 거냐?"

매니저 로봇이 부르는 소리가 들렸지만, 나는 뒤돌아보지도 않고 달려갔다. 이제 곧 손님이 몰려들 시간이라 나중에 한 소리 들을 각오는 되어 있었다.

대성당 구역으로 가는 지하철 안에서도 가슴이 두근거렸다.

'만약 그 사람들이 진짜 해적이라면…. 괜찮을까?'

다른 아이들에게도 연락을 해둘까 하다가 생각을 접었다. 괜히 끌어들이면 안 좋을 것 같았다.

지하철이 도착하자 나는 서둘러 박물관으로 향했다. 거의 문 닫을 시간이 되어서 수많은 사람이 지하철역으로 몰려들고 있었다. 나는 인파를 뚫고 힘들게 걸어야 했다. 그 와중에도 나는 혹시나 그때 그 남자들의 얼굴이 보일까 봐 두리번거렸다. 하지만 이런 인파 속에서 누군가를 알아보기는 쉽지 않았다. 지아도 괜찮을 것 같았다.

대성당 앞은 여전히 북적였다. 입장은 마감이 되어서 거의 밖으로 나오는 사람들이었다. 나는 박물관 쪽으로 향했다. 박물관은 평소처럼 한가했다. 안내데스크에서는 안내원과 경비원이 잡담을 나누고 있었다. 지아의 모습은 보이지 않았다.

행여라도 기다리는 모습을 지아에게 보이고 싶지 않았다. 나는 슬슬 빠져나가는 관광객 틈에 숨어서 박물관 입구를 지켜보았다. 박물관에서는 드문드문 관람객이 나왔다. 얼마 지나서는 나오는 사람조차 없었다.

한동안 기다렸지만, 지아는 나타나지 않았다. 나는 한숨을 쉬었다. 하긴, 며칠 왔었다고 매일 그 시간에 올 거라는 보장은 없었다. 어차피 대단하지도 않은 박물관, 며칠이면 질릴 정도로 보고도 남았을 것이다.

그래도 왠지 발걸음이 떨어지지 않았다.

시간이 흘러 인파는 거의 사라졌다. 박물관 안내원은 데스크를 정리하고 퇴근했다. 경비원도 마무리할 채비를 하고 있었다.

그때까지도 지아는 모습을 나타내지 않았다.

'오늘은 안 오려나 보네.'

다행이라는 생각이 들면서도 한편으로는 아쉬웠다. 나는 한참 서 있어서 뻐근해진 다리를 풀었다.

바로 그때 박물관 입구에서 밖으로 나오는 여자애가 보였다. 지아였다.

"지…."

나는 손을 흔들며 부르려고 했다.

그런데 지아는 밖으로 나오는 게 아니라 경비원에게 다가가 말을 걸었다. 멀어서 들을 수는 없었지만, 지아는 안쪽을 가리키며 뭐라고 하는 것 같았다. 그러자 경비원이 박물관 안으로 들어갔고, 지아도 따라 들어갔다.

'무슨 일 있나?'

나는 박물관 입구를 뚫어지게 쳐다보며 기다렸다. 그러나 한참이 지나도 지아는 다시 나오지 않았다. 슬슬 걱정이 되기 시작했다. (다음 호에 계속)

1870년 쥘 베른 원작 →
《해저 2만리(Vingt mille lieues sous les mers)》

노틸러스호 기기묘묘 세계여행

시간 제어마저
가능하게 되었으니,
대왕 오징어에게
세상 구경이나
시켜주지.
?
!
네모 선장님!
정비를 마쳤습니다.
이제 우리는
어디로 갑니까?

1866, 조선 강화도 앞 바다

펑
펑

펑
펑
장군! 이양선 틈에 괴이한 물체가 나타났습니다!
물러서지 마라!
서양 오랑캐부터 처단하라!

이집트
이스라엘
지중해
홍해
어떻게
우리보다
빠른 배가
있을 수 있지?!

편리해졌네.
?
1869, 수에즈 운하 개통 현장
819, 세계 최초의 증기선 대서양 횡단 중

1900, 파리 만국박람회장
19세기, 놀라운 기술혁명의 시대!
그 한가운데서 상상력을 발휘한
소설가 쥘 베른에게 경의를 표하며,
노틸러스 호의 타임머신
여행을 그렸습니다.
수쿠
SUKU

〈벙커 K〉 2호 『합리성 생성 필터』 1화에 계속 이어서…

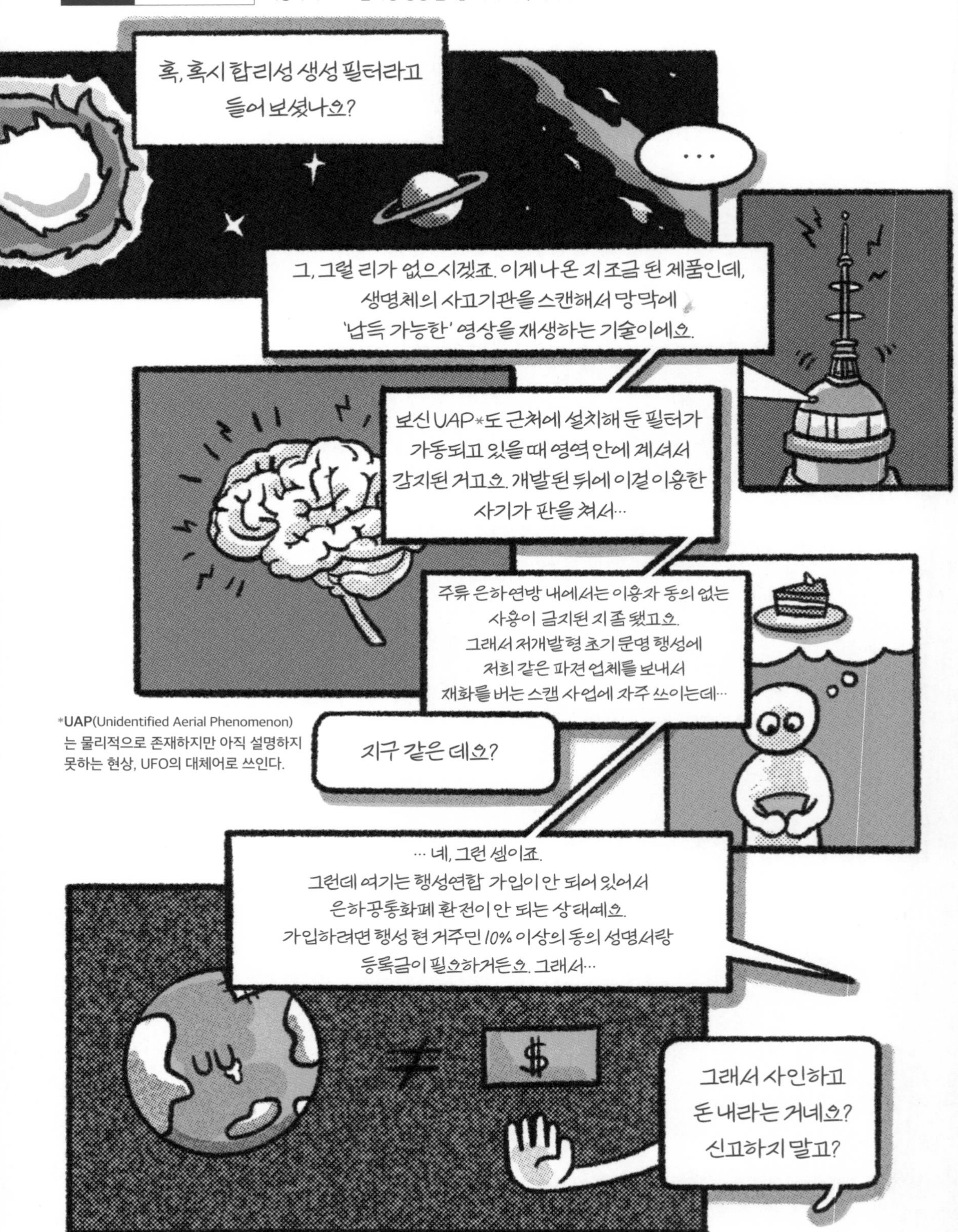

*UAP(Unidentified Aerial Phenomenon)는 물리적으로 존재하지만 아직 설명하지 못하는 현상, UFO의 대체어로 쓰인다.

저, 저희는 그냥 뭘 하냐고 물으셔서… 단기 파견 나온 작은 사업체라 터져도 별 것 안 나오고요. 원래는 다른 루트로 접촉해
연락…
얼마 모였어요?
지금이요? 어, 동의서는… 80퍼센트? 등록금은…
60퍼센트 모였습니다.
어차피 환전은 안 된다면서요. 그럼 등록금은 그쪽이 먼저 부어야 하는 것 아니에요?
…맞습니다. 근데 저희도 파견 업체라 흑자 전환이 되어야 본사에서 투자금을 쏴 줘서요.
그럼 제 투자금이 등록금 내에서 차지하는 비율로 수익을 나누는 계약서 써 주세요. 가능하죠? 은하 연방 가입 이후 발생하는 모든 수익에 대한 분기별 정산으로 말이죠. 돈은 일주일 내로 들고 올게여.
이, 이렇게 흔쾌히요?
그럼 저, 분기별 정산은 시스템상 힘들 것 같고요… 대신 다른 특약 사항을…

가벼운 발걸음!

… 저런…

글, 그림 : 절자

7일
너희는 너희 하나님 여호와를 신뢰하라 그리하면 견고히 서리라 그의 선지자들을 신뢰하라 그리하면 형통하리라 하고
중얼중얼

8일
너는 마음을 다하여 여호와를 신뢰하고 네 명철을 의지하지 말라 너는 범사에 그를 인정하라 그리하면 네 길을 지도하시리라

9일
예수께서 이르시되 딸아 네 믿음이 너를 구원하였으니 평안히 가라 네 병에서 놓여 건강할지어다

10일
예수께서 대답하여 이르시되 내가 진실로 너희에게 이르노니 만일 너희가 믿음이 있고 의심하지 아니하면 이 무화과나무에게 된 이런 일만 할 뿐 아니라 이 산더러 들려 바다에 던져지라 하여도 될 것이요 너희가 기도할 때에 무엇이든지 믿고 구하는 것은 다 받으리라 하시니라

다시 9일
명옥 씨?
잠시 얘기 좀 나누실까요?
…누구시죠?
주님께서
전하시는
말씀입니다.
어제 권사님
꿈에도
다녀가셨지요?
…네.
잠시 자리를 옮길까요?

명옥 님, 지난 30년간 성실히 신앙생활을 해 오셨다는 것 잘 압니다. 20대 초반에 잠시 방황의 시기를 겪으셨지만, 인간이라면 누구나 그럴 수 있죠. 무엇보다 올해는 따님의 대입이 걸려 있는 중요한 시기잖습니까.
…네.
새벽기도 한 번을 안 거르시고 정성을 쏟고 계신 와중에 조금 걱정이 되는 부분이 있어 직접 찾아뵙게 되었습니다.
…다름이 아니라 현재 다니시는 교회 내부에 문제가 좀 있습니다. 몇 년 전부터 사이비 신도들이 교회에 숨어들어서 지금은 목사님을 비롯한 운영진까지 넘어간 상태여서요.
평신도들께서 헌금하시는 십일조가 본래 닿아야 할 어려운 이들에게 닿지 못하고 있어요. 옳은 마음이 온전히 닿지 않는 데에 대한 아쉬움에 저희가 한 분씩 찾아뵙고 있는 거고요….

세상에 믿을 놈
하나 없다더니…
교회에까지
마귀가 끼고.
킬
킬
킬
우르르
…다만 지난 헌금들은 저희도
어쩔 수가 없어서요,
명옥 님이 어려운 이 시기에
신실함을 보여 주시면
여러 모로 좋을 것 같네요.
이건 지금 가장 도움이
필요한 분들에 대한 리스트고요…
그래서 직접 기부를
하라는 말씀이신거죠?

절자 그릴지도 모르는 일들이 일어납니다. 반대도 그렇습니다. 말 없는 그림과 소통에 실패해
수다스러운 그림과 놀기로 했습니다. 지지부진함에 성글게 익숙해지는 중입니다. 앞으로도 그럴 것 같습니다.

To be Continued...

우주빌딩

ⓒ 이퐁(글), 박용숙(일러스트)

우주만담(宇宙漫談)은 길 가다 마주친 간판에서 '우주'를 발견할 때마다 엉뚱한 상상을 떠올리는 어떤 작가의 시시껄렁한 '우주적 수다'입니다. 혹시 어디선가 또 다른 '우주'를 발견한다면 leepong@daum.net으로 제보해 주세요. 당신만의 우주만담을 듣게 될지도 몰라요.

우주빌딩은 오래된 공단 구석의 막다른 골목에 있었다. 건물 입구에는 손으로 쓴 것 같은 서체로 된 네 글자 '우', '주', '빌', '딩'이 붙어 있었다. 처음엔 아마도 황금색이었을 테지만, 지금은 거무스름하게 때가 끼어 우중충해 보였다.

최첨단디자인고 졸업반 나미래는 지도 앱에 나온 주소와 우주빌딩을 번갈아 보며 고개를 갸웃거렸다. 담임선생님은 현장실습 장소가 이름만 대면 누구나 알 만한 대기업이라고 했다. '넌 우리 학교의 자랑이 될 거다. 최초의 대기업 취업자가 될 거라고!'라는 너스레를 덧붙이는 것도 잊지 않았다. 붉은 벽돌로 된 구닥다리 오 층 건물은 대기업과 거리가 한참 멀어 보였다. 나미래는 한숨을 폭 내쉬고는 천천히 계단을 올랐다.

주소에 적힌 대로 삼 층에 다다르자 육중한 철문이 굳게 닫혀 있었다. 조심스레 철문을 열자 오싹한 한기와 함께 칠흑 같은 어둠이 나미래를 맞았다. 아무래도 뭔가 잘못된 것 같았다. 그대로 문을 닫으려는 순간 누군가 소리쳤다.

"잠깐만요. 오늘부터 출근하기로 한 나미래 님 맞나요?"

"네? 네에……."

"얼른 들어오세요! 급해요!"

나미래는 의심스러운 눈초리로 현관에 들어섰다. 어둠에 눈이 익숙해지자 그제야 검은색 롱패딩 지퍼를 목까지 채우고 모자까지 덮어쓴 직원이 희미하게 보였다. 직원 너머로 작은 문들이 빼곡히 늘어선 복도가 보였다. 뿅뿅뿅, 솨악솨악 같은 소리도 들렸다.

"어서 와요. 결원이 생겨서 지금 바로 투입해야 하거든요. 어떤 일 하는지는 대충 들었죠?"

"조금요. 최첨단 생성형 AI 디자인 보조 업무라고."

"좋네요. 자, 그럼 이동해 볼까요?"

직원은 나미래를 힐끗 보더니 벽장에서 롱패딩 하나를 꺼내 내밀었다.

"입어요. 추워요."

바깥은 늦가을치고 덥다고 느낄 정도의 기온이었지만 우주빌딩 삼 층은 직원 말대로 냉기로 가득 차 있었다. 롱패딩을 받아 입은 나미래는 없던 용기까지 쥐어짜 궁금한 걸 물었다.

"근로계약서는 언제 써요?"

과연 최첨단디자인고 우수학생다운 질문이었다.

"이런, 깜빡할 뻔했네요. 미안해요. 제가 마음이 급해서. 납품일이 얼마 안 남았거든요."

직원은 허둥대며 입구 쪽에 있는 작은 책상으로 나미래를 안내했다. 깨알같이 작은 글씨로 적힌 계약서 조항은 아무리 읽어도 어렵기만 했다.

"근데요. 여기가 진짜 대기업이 맞나요?"

"그, 그렇다고 볼 수 있죠? 의뢰인이, 대기업이 뭐야, 대기업보다 훨씬 큰 초초초대기업이니까요. 하하하!"

직원은 당황한 눈빛으로 말을 더듬었다. 나미래는 불안한 마음이 두 배 정도 커졌지만 종종거리며 제자리걸음을 하는 직원에게 눈치가 보였다. 뿅뿅뿅! 솨악솨악! 하는 소리도 한층 커진 것 같았다. 복도에 늘어선 작은 문들 안에서 어떤 일이 벌어지고 있는지 도통 짐작할 수 없었다. 나미래는 초초초대기업이라는 직원의 말을 믿어보기로 했다. 사인한 계약서를 내밀자 직원이 환하게 웃으며 복도 끝 작은 문 앞으로 나미래를 이끌었다.

"여기예요. 나미래 님이 일할 우주빌딩 공정실."

문이 열리자 마치 플라네타륨*에 들어선 것처럼 아득한 우주가 펼쳐졌다.

나미래는 순간 현기증을 느꼈다. 천장이고 바닥이고 아예 없는 것처럼 보였지만 직원을 따라 걷자 딱딱한 바닥이 느껴졌다. 직원은 아득한 우주 어디쯤인가를 가리켰다.

"자, 여기 앉아서 AI가 설정한 조건대로 새로운 우주를 만들면 돼요. 나미래 님은 최첨단디자인고 우수학생이니까 그리 어렵지는 않을 거예요."

직원이 말한 대로 그곳은 새로운 우주를 만드는 공정실이었다. 어쩌다 하청의 하청의 하청의 하청을 이 회사가 맡게 되었는지는 아무도 모르지만 원청, 즉 원래 업무를 의뢰한 곳은 수백 광년은 족히 떨어져 있는 다른 은하였다. 계약직 우주빌더 나미래는 롱패딩 지퍼를 턱 밑까지 올리고 우주 만들기, 그러니까 '우주빌딩'을 시작했다.

* **플라네타륨(planetarium)** : 반구형의 천장에 설치된 스크린에 달, 태양, 항성, 행성 따위의 천체를 투영하는 장치. 천구 위에서 천체의 위치와 운동을 설명하기 위하여 만들었다.

이퐁 동화작가. '우주'라는 단어가 들어간 간판을 발견하면 사진으로 남기는 버릇이 있다.
박용숙 동화작가. 바람 따라 자유롭게 다니며 세상 이야기 듣는 것을 좋아한다.

친구가 되고 싶은 로봇을 골라 봐!

어린이·청소년 SF 속 로봇 취향 테스트

친구들, 안녕? 너희는 어떤 로봇을 좋아하니? 애니메이션이나 영화에 나온 로봇, 아니면 공항이나 식당에서 만난 친근한 로봇을 좋아할 수도 있을 거야. 혹시 아직 만들어지지 않은 미래의 로봇을 기다리고 있는 친구들도 있겠지? 어린이·청소년 SF에도 다양한 로봇이 등장해. 엄청나게 똑똑한 로봇도 있고, 인간과 따스한 마음을 나누는 로봇도 있어.

그럼 나는 어떤 로봇과 친구가 되고 싶은지 한번 알아볼까? 아래 항목에서 각각 친구가 되고 싶은 로봇의 유형에 체크해 봐. 마지막에 어떤 색깔을 가장 많이 선택했는지 보면 내 취향을 알 수 있을 거야! 딱 맘에 드는 게 없다면 가장 비슷한 걸 골라 보자.

1

- 나는 거대한 크기와 강력한 위력을 가진 로봇을 만나고 싶다. ○
- 지능지수는 200, 백과사전이 저장된 전자두뇌와 지구상의 모든 언어를 이해할 수 있는 똑똑한 로봇이면 좋겠다. ○
- 사람과 비슷하게 생겼지만 촉각은 없고, 가슴에 스크린이 달린 도서관 안내 로봇을 만나고 싶다. ○
- 구형 휴머노이드 몸체를 지닌 인공 지능 로봇이지만 멸망한 지구에서 머리통만 남아 있는 로봇을 만나고 싶다. ○
- 해저 수압에도 견딜 수 있는 초강력 몸을 가진 전투형 안드로이드 로봇이 좋다. ○

2

- 사람이 직접 탑승하는 로봇으로, 청소년에게 탑승이 적합한 로봇이면 좋겠다. ○
- 인간처럼 생각하고 감정을 느끼며, '왜?'라는 질문을 자주 하는 로봇이 좋다. ○
- 목소리를 자유자재로 바꿀 수 있고, 눈에서 빨간 레이저 빔을 쏠 수 있으며, 텔레파시로 소통할 수 있는 로봇이 좋다. ○
- 손가락 하나로 대형 백상아리를 물리치고 1분 31초만에 전투 잠수선 다섯 척을 박살낼 수 있는 로봇이 좋다. ○
- 오락 기능이 있어서 간단한 게임을 하며 사람들을 재미있게 해주는 로봇이 좋다. ○

3

사람의 감정을 읽고 학습하며 소통을 통해 진화하는 로봇을 만나고 싶다.

재난 상황에서 인간을 구하는 구조용 로봇을 만나고 싶다.

똑같은 기종끼리 서로의 기억을 주고받을 수 있는 로봇이 좋다.

매사 논리적이고 효율적인 사고로 빈틈없이 행동하지만, 타자를 이해하려고 노력하는 로봇이 좋다.

입력된 명령보다 친구와의 의리를 지키는 로봇을 만나고 싶다.

4

로봇과 인간, 지구의 모두가 함께 행복해지는 세상을 꿈꾸는 로봇을 만나고 싶다.

멸망한 지구에서 다양한 생물을 살리는 일에 동참하는 로봇이 마음에 든다.

인간과 친구가 되어 꼭 이루고 싶은 버킷리스트를 함께해주는 로봇을 만나고 싶다.

나의 뇌를 로봇과 직접 연결해 더 크고 강한 존재가 되는 특별한 감각을 경험해보고 싶다.

감정이 깊어지면 왼쪽 가슴에서 떨림(진동)을 느끼는 로봇을 만나고 싶다.

5

나는 이 구절이 가장 마음에 와닿는다.

"모든 생명은 동등하고 소중하다. 어쩌면 생명이 아닌 것까지도."

나는 이 구절이 가장 마음에 와닿는다.

"여기, 마음이 있어요. 우린 인간과 닮도록 만들어졌잖아요."

나는 이 구절이 가장 마음에 와닿는다.

"아현의 손은 카이저의 손이었고 카이저의 감지 센서는 아현의 피부였다."

나는 이 구절이 가장 마음에 와 닿는다.

"그리움은 걷잡을 수 없는 재난. 만날 사람은 만나야 한다."

나는 이 구절이 가장 마음에 와닿는다.

"나에겐 영혼이 있어! 누군가의 소유물이 될 수 없다고."

※ 가장 많이 체크한 색깔이 바로 너의 취향! 로봇 파일에서 확인해 봐!

A B C D E

로봇 파일 A 마누

이름	마누
출연작	《프로젝트 원》
만든 이	이조은
제작사 및 제작 연도	현북스, 2018

인간을 대신해 멸망한 지구를 복원하도록 만들어진 인공지능 로봇이야. 백 년 전 핵폭발로 몸은 온전하지 않지만, 마누는 지구의 온갖 역사와 지식을 기억하고 있어. 복제인간 하나가 마누를 깨워 멋진 모험을 해. 말할 수 있는 로봇 자동차 '떠벌이'와 방사능으로 모습이 달라진 강아지 '별'도 만나서 서로 진심으로 아껴주는 길동무가 되지. 그리고 마누는 깨닫게 돼. "모든 생명은 동등하고 소중하다. 어쩌면 생명이 아닌 것까지도."(프로젝트 원, 200면)

로봇 파일 B 나로·아라·네다

모델 번호	NH-976
이름	나로 5970841, 아라 5970842, 네다 5970843
출연작	《로봇의 별 1, 2, 3》
만든 이	이현
제작사 및 제작 연도	푸른숲, 2010

2130년에 로보타 주식회사에서 만든 어린아이형 안드로이드 로봇이야. 같은 모델이 세상에 단 세 대밖에 없는 고급 로봇으로 만들어졌지. 여덟 살 난 인간 여자아이로 보이지만 굉장히 똑똑하고, 인간처럼 생각하고 감정을 느낄 수 있어. 나로·아라·네다는 배운 것을 통해 옳고 그른 것을 판단하고 선택하도록 만들어졌어. 그렇지만 프로그램만으로는 설명할 수 없는 묘한 힘을 갖고 있지. 나로·아라·네다는 로봇과 인간, 지구의 모두가 함께 행복해지는 새로운 세상을 꿈꾸는 멋진 로봇이야!

로봇 파일 C 카이저

모델 번호	KSM-020
이름	카이저
출연작	《아현의 작동 방식》
만든 이	박한선
제작사 및 제작 연도	씨드북, 2024

기후위기 시대에 재난에서 인간을 구하기 위해 만들어진 거대 로봇이야. 인간이 탑승하면 신경으로 연결되는 방식으로 작동해. 로봇과 인간의 연결이 인간에게는 로봇의 감각을 느끼게 하고, 로봇에게는 인간의 감각을 느낄 수 있게 하지. 탑승한 인간은 인간 몸의 한계를 뛰어넘는 생각을 할 수 있게 돼. 비록 말을 하지는 않지만 단순히 명령을 받고 작동하는 기계가 아니라 '나'의 알 수 없는 미세한 감정들까지 파악하고 반응하는 놀라운 로봇이야. 그 덕분에 오류가 나타나기도 하지만, 마치 살아있는 친구 같은 느낌을 주기도 해. 더 크고 강력한 몸과 연결되면 어떨까? 이런 로봇을 얻게 되면 뭘 하고 싶니?

로봇 파일 D 리보

이름	리보
출연작	《리보와 앤》
만든 이	어윤정
제작사 및 제작 연도	문학동네, 2023

도서관 이용자들의 감정을 읽고 소통하는 도서관 안내 로봇이야. 얼굴 스캐너로 사람의 표정을 읽고 소리 센서로 목소리의 크기와 높낮이를 구별해. 물론 한 번 본 사람은 누구인지 잊지 않지. 사람과 소통하는 것을 목적으로 만들어진 로봇이라서 소통을 많이하면 진화하지. 반면 소통이 줄어들면 시스템이 강제로 초기화될 위험도 있어. '그리움'이라는 감정을 배우면서 왼쪽 가슴에 떨림을 느끼고, 친구라고 생각하는 소년과의 관계를 위해 엄청난 결단을 해. 어찌보면 인간보다 더 인간다운 로봇이라고 할 수 있어.

로봇 파일 E 타르타루가

모델 번호	T-30973
코드명	타르타루가
출연작	「당신의 간을 배달하기 위하여-코닐리오의 간」(《당신의 간을 배달하기 위하여》)
만든 이	임태운
제작사 및 제작 연도	사계절, 2022

해저의 압도적인 수압에서도 견딜 수 있을 만큼이나 강력한 전투형 안드로이드야. 인간 소녀와 다닐 때면 오빠, 동생 사이로 오해할 정도로 인간과 많이 닮았지. 하지만, 외모만 인간이지 기본적으로는 주인의 명령을 철저하게 수행하는 로봇이야. 바닷속은 물론이고 하늘을 날며 잠수선이나 전차부대를 순식간에 박살을 낼 정도로 강력하지. 정보로만 알던 인간의 감정에 대해 알기는 했지만 인간 소녀를 만나 버킷리스트를 함께하면서 처음으로 '감정'에 대해 진지하게 생각하게 되었어. '오류'일지도 모르지만, 감정을 느끼는 안드로이드가 되었지. 기대감으로 새로운 삶을 시작하는 로봇, 멋지지 않아?

로봇들의 출연 작품도 공개한다!

마누

《프로젝트 원》

나로·아라·네다

《로봇의 별》

카이저

《아현의 작동 방식》

리보

《리보와 앤》

타르타루가

《당신의 간을 배달하기 위하여》

여러분의 로봇 취향이 궁금해요.
여러분의 테스트 결과를 벙커 K로 보내주세요. 함께 공유할게요.
한 가지 더, 여러분이 알고 있는 로봇을 소개해 주세요.
여러분의 마음속에 남아 있는 로봇 친구 이야기를 보내주시는 분께
푸짐한 선물을 보내 드릴게요!

***

reddot2019@naver.com으로 보내주세요.

★ 내가 알고 있는 로봇 파일 ★

모델 번호	
이름(코드명)	
출연작	
만든 이	
제작사 및 제작 연도	

로봇 상상도

로봇 소개서

어린이청소년SF연구공동체 플러스알파(SF플러스알파)

어린이·청소년 문학 작가, 평론가, 연구자들이 어린이·청소년 SF를 함께 읽고 연구하는 모임이다. 구성원은 박용숙·송수연·심지섭·이퐁·정재은·최배은이다. 어린이·청소년 문학과 SF를 사랑하는 마음으로 해마다 출간되는 거의 모든 어린이·청소년 SF를 찾아 읽고, 기록하고, 추천하고 싶은 작품을 모아 '보슬비 SF 추천작'을 발표하고, 어린이·청소년 SF에 관심 있는 분들을 향해 매달 '플러스알파 레터'를 발행하고 있다. '어린이청소년SF연구공동체 플러스알파'는 보다 많은 사람들이 어린이·청소년 SF를 고민하고 함께 이야기할 수 있는 장이 만들어지기를 꿈꾼다. 책과 어린이·청소년 문학, SF를 사랑하는 분들과 끈끈하게 연결되고 싶다.

공식홈페이지 : www.sfplusalpha.org
문의 : sfplusalpha@naver.com
플러스알파 레터 구독 신청 sfplusalpha.stibee.com

다양한 SF 이야기 속에서 새로운 즐거움을!
벙커 K와 신나게 놀 수 있는 놀이공간

벙커 랜드
BUNKERLAND

인간 대신 로봇이 소설의 주인공이 될 때

© 일심이채

아, ChatGPT! AI도 로봇하고 관계가 깊지. 영화나 애니메이션 SF에서 흔히 보는 로봇들이 AI 상상력에 기반하고 있기도 하니까.

키키

맞아요. 요즘 AI랑 폰으로 수다 떨면서 놀기도 해요. 막 AI가 '나는 무조건 네 편이야!!!' 이렇게 말하는데 반응이 생각보다 재밌어요.

버블~ 버블~

저는 청소 로봇 같은 게 떠올라요. 영화에서나 나올 것 같은데 벌써 주위에서 접할 수 있는 게 신기하기도 하고요.

뽀드득

그러게. 나는 어릴 때 봤던 거대 로봇 만화들이 생각나. 영화에 나오는 인류를 지배하려는 터미네이터 같은 것도 떠오르고. 무시무시한 로봇이 있는가 하면, 못 견디게 사랑스럽고 귀여운 로봇 이야기도 이제 주변에서 자주 볼 수 있어. 그런데 로봇 이야기는 훨씬 더 오래전부터 있었다는 사실! 여러 로봇 관련 책이 있지만, 오늘은 '로봇' 하면 떠오르는 세계적으로 가장 유명한 SF 작품 중 하나, 《아이, 로봇》을 얘기해 봅시다.

로봇모드

2024년에 읽어도 놀라는 1940년대 SF 《아이,로봇》

오늘 우리가 얘기해 볼 작품은 아이작 아시모프의 《아이, 로봇》이야. 이 작품은 짧은 소설을 일곱 편 모은 작품집인데, 무려 1940~1950년대에 쓴 작품들을 묶은 거라고 해.

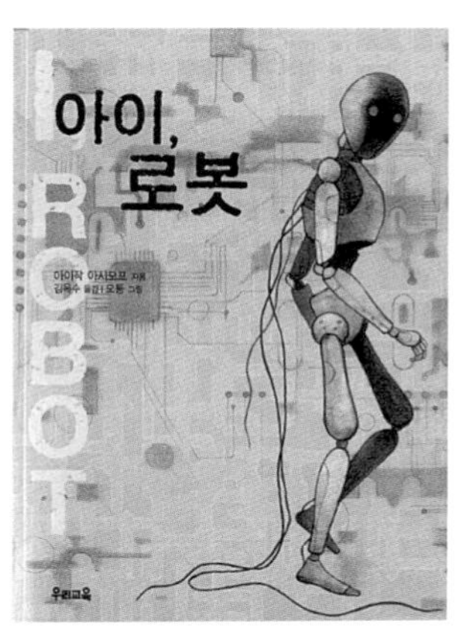

《아이, 로봇》 아이작 아시모프 저, 김옥수 옮김, 우리교육, 2008

읽어보니까 진짜로 최근에 썼다고 해도 믿을 것 같아요. 재밌어요.

인정. 요즘 본 작품들보다 더 재밌어요.

책 감상을 얘기해 볼까.

재밌었어요. 10점 만점에 9점! 제 기준 9점은 정말 엄청난 점수예요. 10점이 아닌 이유는 뒷부분에 사람이 많이 나와서예요. 로봇을 더 보고 싶었거든요. 로봇들이 사람처럼 다양한 감정을 갖고 있는데, 뻔하지 않게 너무 재밌게 표현했어요.

저는 8.5점이요. 보통 로봇인데도 인간하고 별다른 바 없이 보이는 작품도 많은데, 로봇의 작동 방식과 사고가 인간과 다른 점이 작품에서 느껴져서 너무 좋아요.

다들 재밌게 봤네. 나도 9점! 지금 봐도 매력적인 로봇이 많고, 이야기도 시원시원해. 작품을 읽으면 생각도 많이 하게 되는데 그 과정이 즐겁고. 또, 1940~1950년대면 지금으로부터 약 80년 전이야. 우리나라가 일제강점기, 광복, 6.25 전쟁을 거치는 이 시기에 이미 양자 컴퓨터 두뇌, 로봇의 구성, 로봇의 감정과 우주 초공간 이동 같은 걸 작품으로 쓰고 있던 거야.

말도 안 돼요, 진짜.

응, ChatGPT가 유명해진 지 1년도 되지 않았는데, 이런 상상을 오래전부터 SF 작품에 담았다는 게 대단해. 어떤 면에서는 아직도 이때의 상상력을 따라가지 못하고 있기도 하니까. 미래를 상상해 내는 능력이 놀라워.

맞아요. 로봇이 인간에게 해를 끼칠 수 없다는 것 같은 '로봇 3원칙'으로 이야기를 만드는 것도 대박이에요. 로봇 3원칙은 요즘 영화에서도 여전히 많이 나오던데, 이 작품을 통해서 만들어졌다고 하더라고요.

작품 스토리 면에서는 어때?

로봇이 오류 일으키고 난리 치는 거 보면 너무 웃기고 재밌어요. 웃기고 재밌는데 현실감도 있어서 몰입도 잘 되고요.

맞아. 로봇과 인간 사이에 생긴 문제를 어떻게 해결할지 보는 재미도 있는데, 책을 읽으면서 예상할 때마다 다 달라서 또 웃겨. 이야기가 기발하다는 뜻이겠지.

진짜요. 로봇 이야기 재밌었어요. 아까도 말했는데, 로봇 껍데기에 사람이 들어있는 것처럼 생각하는 로봇이 아니어서 좋았어요. 엄청 매력 있고, 스토리도 예측 못 하게 움직여서 너무 재밌었어요.

맞아요. 로봇은 뭘까, 인간은 뭘까 하는 여러 생각을 많이 하게 되는데 전혀 지루하지 않아서 신기해요.

《아이, 로봇》의 구성 이 책은 아홉 종류의 로봇에 대한 각각의 단편을 하나로 엮은 일종의 연작소설집이다. 신문기자인 화자가 로봇심리학의 대가 수잔 캘빈 박사를 인터뷰하면서 여러 로봇들에 대한 에피소드를 듣는 형식으로 구성되어 있다. 이 책의 목차 구성은 다음과 같다. 로비 - 소녀를 사랑한 로봇 / 스피디 - 술래잡기 로봇 / 큐티 - 생각하는 로봇 / 데이브 - 부하를 거느린 로봇 / 허비 - 마음을 읽는 거짓말쟁이 / 네스터 10호 - 자존심 때문에 사라진 로봇 / 브레인 - 개구쟁이 천재 / 바이어리 - 대도시 시장이 된 로봇 / 피할 수 있는 갈등

주인공은 로봇이야

이제 작품 속 로봇 이야기를 본격적으로 해볼까? 가장 재밌었던 로봇을 골라봅시다.

저는! 큐티요. 로봇이 인간을 지배한다든가 공격하는 내용은 이젠 너무 뻔해져 버렸지만 큐티의 이야기는 달라요. 「생각하는 로봇-큐티」는 인공지능 큐티가 인간이 자신을 만들었다는 사실 자체를 의심하고 인간보다 더 강력한 존재를 주인으로 모시기 시작하는 이야긴데요. 인간들은 큐티가 인간에 의해 만들어졌다는 현실을 큐티에게 알려주려 하지만 큐티는 오히려 인간들이 멍청해서 망상에 빠져있다고 생각해요. 심지어 인간을 불쌍하게 여겨요.

슈퍼컴퓨터 큐티 입장에서 생각해 보면 인간이 멍청해 보일지도 몰라. 멍청한 인간이 자기를 만들었다는 걸 인정 못하는 슈퍼컴퓨터라니. 말하는 것도 웃기고.

과학자들이 큐티를 설득 못 해서 답답해하는 것도 웃겨. 또 '생각'이란 걸 인간만 하는 게 아니라는 상상도 재밌어. 논리적이고 합리적인 것처럼 보이는 인공지능이 '신' 같은 게 자길 창조했다고 믿는 장면도 놀랍고. 인간이 '신'을 믿는다고 생각하는 것과도 비교하게 되더라.

작품 속 인간들은 설득을 못 해서 답답해 죽겠지만, 큐티 입장에서 생각하니까 이야기가 귀엽더라고요. 인간들의 주장을 끝까지 들어주고 위로해 주고 다정한 말투로 말을 건네는 장면들이 큐티의 선함과 순수함을 보여주기도 해서 좋았어요. 또 가만 보면 인간들이 로봇을 만들 수 있다고 설득하는 장면에서는 '하등한 인간이 그럴 수 있을 리가 없다'고 자존심 부리는 것 같기도 했어요. 로봇에게서 감정선을 느낀 게 처음인 작품이라 재밌었습니다!

저는 네스터요. 「네스터 10호-자존심 때문에 사라진 로봇」은 로봇 3원칙이 약하게

적용돼서 인간에게 해를 끼칠지도 모르는 로봇, 네스터 10호를 찾아서 제거하려는 이야기예요. 네스터는 로봇 3원칙이 적용된 척하고 다른 멀쩡한 로봇 사이에 숨어버려요. 와, 저도 실제였으면 찾아내기 힘들었을 거 같아요. 네스터 이야기의 전개 자체로도 흥미롭지만, 다른 로봇들을 설득했다는 점이 가장 새로웠어요. 스포일러라서 자세히 말할 수는 없지만, 진짜 깜짝 놀랐어요. 로봇을 이렇게 인간과 구분하기 어려울 수도 있다니.

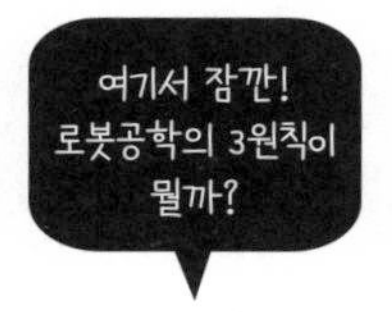

제1원칙 : 로봇은 인간에게 해를 입혀서는 안 된다.
그리고 위험에 처한 인간을 모른 척해서도 안 된다.

제2원칙 : 제1원칙에 위배되지 않는 한,
로봇은 인간의 명령에 복종해야 한다.

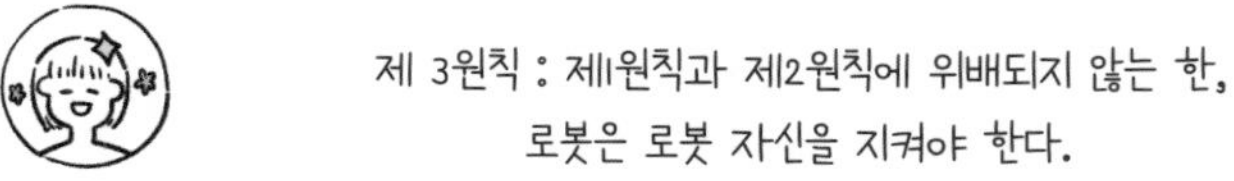

제 3원칙 : 제1원칙과 제2원칙에 위배되지 않는 한,
로봇은 로봇 자신을 지켜야 한다.

진짜. 재밌었어. 이 로봇은 귀엽다기보다는 서늘하게 놀라게 하는 지점도 있고.

로봇끼리의 소통이란 걸 잘 생각해 보지 않았던 것 같은데, 만약 소통이 활발해진다면 설득을 넘어 로봇의 독자적인 가치관과 공감대를 형성할 수 있지 않을까요? 인간의 입장에서는 다소 무서운 장면이었지만 거꾸로 로봇의 무한한 가능성을 상상해 볼 수 있는 장면이기도 했어요.

무한한 가능성이라, 그렇네. 쌤은요?

음, 나는 「브레인-개구쟁이 천재의 브레인」. 이 작품은 어린아이 인격 같은 걸 갖고 있는 세계 최고 수준의 인공지능이 경쟁 회사에서 제시한 딜레마를 해결하는 과정을 다룬 이야기인데, 이 개구쟁이 인공지능이 너무 귀여워. 딜레마에 빠지면 세계 최고의 인공지능이 고장 날 수도 있어서, 인간이 인공지능이 험하게 장난치는 동안 쩔쩔매는데 그 과정도 너무 웃기고.

맞아요. 조금 스포일러인데, 우주선에 갑자기 타게 된 인간들은 어땠을지 상상도 되고요.

모든 로봇을 하나하나 다룰 수는 없고, 한번 재밌는 작품을 순서대로 말해볼까?

음. 어렵지만 저는 「큐티」 = 「허비」 > 「네스터」 > 「브레인」 > 「바이어리」 > 「데이브」 = 「스피디」 > 「피할 수 있는 갈등」 > 「로비」 순서요. 「허비」는 로봇이 사람의 마음을 읽는 게 신기해요. 마음을 읽을 뿐만 아니라 로봇이 인간의 욕구를 위해 하는 행동들로 문제가 생기는데, 그 과정도 재밌어요. 인간을 위한다는 게 뭘까 싶기도 하고요. 뻔할 만도 한데 참신해요. 다만 「로비」나 「스피디」, 「데이브」는 다른 작품에 비하면 어디서 본 얘긴 거 같고 「바이어리」나 「피할 수 있는 갈등」은 인간이 많이 나와서 아쉬워요. 로봇이 재밌는데….

저는 「네스터」 > 「브레인」 > 「데이브」 = 「큐티」 > 「바이어리」 > 「스피디」 > 「허비」 > 「피할 수 있는 갈등」 > 「로비」 순서예요. 「브레인」도 엄청 재밌게 봤어요. 순서상 뒤로 간 것뿐이지 「피할 수 있는 갈등」도 재밌었어요. 특히 로봇 원칙과 세상의 갈등 문제도 재밌었고요.

둘이 취향이 달라서 재밌네. 둘 다 로비를 뒤에 뒀으니 「로비」를 조금 옹호해 볼게. 로비는 주인공 소녀, 글로리아를 사랑하고 보살피고 신기한 기능도 없는 초기 형태의 로봇이야. 이 작품집의 시작으로 의미가 있다고 생각해. 조금 낯익게 느껴질 만한 이야기지만 꽤 재밌었고, 잘 쓰였다고 느껴져서야. 글로리아는 로비와 숨바꼭질도 하고 온 마음으로 행복하게 지내. 글로리아가 로봇, 기계와 친하게 지내는 거 자체를 싫어하는 엄마가 글로리아 몰래 로비를 집 밖으로 내쫓아서 글로리아는 크게 상처를 받아. 이런 면에서는 오히려 실제 엄마보다 로비가 글로리아를 더 아껴주는 보호자 같기도 해. 이런 작품을 보면 로봇과 기계를 무조건 싫어하는 인간의 모습도 떠오르고 또 좋은 부모란 무엇인지 다시 고민하게 돼. 단순히 인간인지 로봇인지가 중요한 건 아니니까.

맞아요. 글로리아 입장에서 무시하고 다그치는 부모보다 로비가 좋을 수도 있겠어요.

그치. 다른 작품도 그렇지만 이런 질문을 떠올리게 해. 인간이란 무엇일까? 정확히 어떤 지점이 '인간적'이고 '로봇다운' 것일까?

큐티가 '생각'이란 걸 하면서 인간을 설득하려 할 때, 우리가 '생각'하는 건 로봇과 뭐가 다르고 비슷할까 궁금하기도 해요.

응. 네스터, 허비, 브레인 같은 로봇들은 각각 자존심도 부리고, 거짓말도 하고, 장난도 치는 등 '인간'만 할 수 있거나 느낄 수 있다고 우리가 쉽게 생각해왔던 것들을 로봇도 할 수 있다는 상상을 하게 해. 그것도 과학적인 방법으로 하게 한다는 점에서 매력 있어.

맞아요. 로봇의 감정선이라는 걸 상상해 보는 것도 재밌어요.

이어서 조금 다른 얘기를 더 해볼까. '인간중심주의'가 뭔지 아는 사람?

저요. 음, 인간이 세상의 중심인 것처럼 생각하는 방식 같은 거요. 요즘 사회의 문제가 이런 사고방식에서 많은 영향을 받았다고 했어요.

맞아, 인간중심주의는 인간을 기준처럼 생각해서 인간과는 다른, 예를 들면 자연이나 동물들은 가치가 없거나 인간보다 못한 것으로 무시하는 태도와 연결돼. 인간과 다른 존재를 그 자체로 소중히 대하며 살아야 하는데, 많은 인간은 환경을 파괴하고 동물을 학대하고 그저 쓰다 버리는 소모품으로 여기기도 하니까.

맞아요. 예전에는 동물도 반려동물이 아니라 장난감이란 뜻에서 애완동물로 불렀다는 얘기도 들었어요. 이 작품을 보면 로봇의 어떤 면은 인간보다 뛰어나기도 하고 인간을 구해주기도 하는데, 왜 인간은 로봇을 무시할까요.

스피디 같은 경우도 답답한 면이 있기는 하지만 인간보다 단단한 몸으로, 인간이 할 수 없는 일을 해서 인간을 구해주기도 해요.

맞아. 인간이 세상의 주인인 것처럼 굴기에는 우리는 기계나 동물, 자연 없이는 따로 살아갈 수 없어. 그런 점에서 《아이, 로봇》은 인간이 함부로 예측할 수 없는 로봇의 매력이 잘 드러나. 그리고 인간 주인공들이 로봇의 능력에 놀라기도 하고 쩔쩔매는 걸 보면 웃기기도 해. 인간이 반려 고양이를 '주인님'으로, 스스로를 '집사'로 부르는 것과 비슷하게 재밌는 지점이 있어. 자, 그럼 마지막으로 또 하나. 잘 안 다뤄진 작품, 「바이어리」와 「피할 수 있는 갈등」을 보면 재밌는 지점을 상상할 수 있어. 로봇이 정치를 할 수 있을까? 아니, 잘할 수 있을까?

저는 잘할 것 같아요. 인간의 정치는 편향적이고, 별로 안 좋은 의미로 감정적이라고 생각하는데 이 작품을 보면 인공지능 로봇이 시장으로 있는 도시가 잘 운영되잖아요. 차라리 인간이 정치에 손 놓고 로봇한테 맡기는 게 나을 수도 있겠어요.

그치. 사실은 요즘 인간이 하는 정치에 문제가 너무 많기도 하고.

저는 쌤의 표현처럼 '정치'가 뭔지도 생각해 봐야 할 것 같아요. 인간만을 위한 정치가 '정치'가 아닐 수도 있고요. 로봇에게 정치를 잘한다는 건 어떤 의미일지도 궁금해요.

응. 로봇이 좋은 정치를 할 수 있게 하려면 우선 정치가 무엇인지 우리가 다시 고민해 봐야 해. 로봇에게 구체적으로 말해줘야 하니까. 단순히 인공지능 로봇에게 정치 잘하라고 명령한다면 그 말뜻을 이해하지 못할 거야. 그러려면 인간에게 좋은 정치란, 또는 지구에 좋은 정치란 무엇일지 생각해 볼 수도 있겠지. 네이버 웹툰 「하우스 키퍼」도 인공지능 로봇이 정치를 해. 흥미롭지. 로봇이 정치를 하는 시대라, 글쎄. 앞으로 어떻게 될지 상상해 보면 재밌을 거야.

주인공이 로봇인 소설을 인간이 읽을 때

오늘은 정리할 게 많으니까, 내가 맡아서 마무리해 볼게.

요즘 인공지능 같은 과학 기술이 중요한 사회적인 변화를 이끌고 있어. 인간이 더 뛰어나다, 기계가 더 뛰어나다고 하는 경쟁적인 관점을 다룬 작품도 많아. 그런데 《아이, 로봇》에 등장하는 인공지능 전문가이자 로봇과 함께 생활하는 중요한 인간, 수잔 캘빈 박사는 이렇게 말해.

"(…) 선생에게 로봇은 로봇일 뿐이겠죠. 기어가 달린 금속, 전기와 양전자. 마음을 가진 쇳덩이! 인간이 만든 물건! 그래서 필요하면 내버려도 되는 대상! 선생은 로봇하고 함께 일해 본 적이 없어서 모를 거예요. 로봇은 우리보다 훨씬 깨끗하고 우수한 종족이라는 걸."

– 《아이, 로봇》 12쪽

수잔 캘빈 박사가 로봇의 뛰어남을 말하고 싶었을까? 물론, 로봇이 더 뛰어난 측면도 있지. 다만 이 대사의 초점은 저 '!', 느낌표에 있는 것 같아. 수잔 캘빈 박사가 로봇을 단순히 도구로 여기는 인간에게 소리치는 것처럼 읽히거든. 인간이 동물이나 자연환경처럼 다른 무언가를 차별하고, 도구로 삼는 게 로봇에게만 해당될까. 실은 인간끼리도 나와는 다르다는 이유로 누군가를 괴롭히고 있기도 하다는 점에서 다시 생각해 볼 대사야.

대부분의 소설은 '인간'의 이야기를 쓰곤 해. 그런데 로봇을 주인공으로 하는 소설을 쓰고, 읽는 것의 의미는 뭘까? 글쎄, 한 가지 분명한 건, 우리가 인간이 주인공이 아닌 이야기를 읽고 쓰는 걸 더 자유롭게 상상하고 즐길 수 있을 때, 그때가 오면 우리 인간은 지금처럼 돌과 나무, 동물, 로봇 같은 나와 다른 이들을 쓰고 버리는 도구처럼 여기기보다 함께 관계를 맺고 살아가는 걸 즐길 수 있도록 변화할 수 있지 않을까?

그러려면 우리는 로비와 글로리아처럼 나와 다른 이와의 관계를 소중히 여길 필요가 있어. 또, 스피디와 브레인 같은 로봇들과 대화하기 위해 쩔쩔매며 고민하는 과학자들처럼 상대방에게 어떻게 표현하고 다가갈지 고민하는 열린 태도도 중요하다고 생각해. 그런 의미에서 《아이, 로봇》은 로봇이 주인공이면서 또한 로봇과 인간이 관계 맺으며 살아가는 다양한 모습들을 웃기고 따뜻하고 때로는 서늘하게, 다양한 방식으로 섬세하게 그려낸 작품이야. 그럼, 재밌는 책 읽기를 응원할게. 다음 호에서 만나!

우리가 맞이할 로봇의 시대를 미리 알려 주는 작품이야. 평소 로봇에 대해 생소하던 독자들도 작품 속 인물의 시선을 따라 로봇을 새로이 이해할 수 있어.

지금 시대에 상상할 수 있는 로봇 이야기보다도 더 뛰어나. 지금껏 본 모든 로봇 관련 작품 중에 최고!

심지섭 인하대에서 아동문학을 공부했다. 문학과 과학, 성인과 어린이 사이의 일들에 관심이 있다.
김채연 수주고등학교 2학년. 자칭 비평가. 소름 돋는 영화나 조금 잔인한 누아르 장르를 좋아한다.
이채린 상일고등학교 2학년. 자칭 MZ 세대 대변인. 호러물을 좋아하고, SF의 매력에 빠지기 시작했다.

요즘 SF

© SF플러스알파

최근 2~3년 동안 국내에서 출간된 어린이·청소년 SF 작품 가운데 '로봇, AI'와 관련된 작품을 소개합니다.

어린이 ❶

아일랜드 | 김지완 글, 경혜원 그림 / 문학과지성사 / 2024년 9월

《아일랜드》는 공항에서 일하는 인공지능 안내로봇 '유니온'의 이야기입니다. 유니온은 로봇이지만 자신만의 언어를 가지고 있고, 생각하는 특별한 존재입니다. 어느 날, 탑승객인 영화감독을 만나 대화를 나눈 유니온은 자신의 존재에 의문을 품게 됩니다. 공항의 탐색견인 '티미'와 미화원인 '안다'와 깊은 우정을 나누면서 존재에 대한 유니온의 고민은 더 깊어집니다. 유니온의 고민과 의문은 어떤 결말에 도달할까요? 존재에 대해 고민하는 로봇, 여러분은 유니온을 어떻게 생각하세요?

어린이 ❷

써드 2 | 최영희 글, PJ.KIM 그림 / 허블 / 2023년 5월

인간이 로봇보다 약자가 된 세상을 그린 《써드 1》에 이어, 로봇들의 외계 행성 에레모스를 배경으로 인간이 신화 속 괴물이 되어 버린 세상을 보여줍니다. 어느 날, 행성 에레모스 최고의 권력자 클라오가 '거룩한 사전' 속 인간에 대한 설명을 "고대 신화에 등장하는 괴물"이라고 수정하면서 이야기가 시작되는데요, 이에 따라 '인간 기원을 가진 로봇'을 모두 소거해야 하므로 로봇끼리 서로 의심하고 감시하는 상황이 벌어집니다. 이 과정에서 주인공 로봇 안트가 알아낸 과거의 비밀이 무엇일지 궁금합니다.

어린이 ❸

리보와 앤 | 어윤정 글, 해마 그림 / 문학동네 / 2023년 1월

도서관의 AI 로봇인 리보와 앤, 그리고 인간 어린이 도현의 이야기를 담은 장편 SF 동화입니다. 리보는 도서관에 오는 아이들의 감정을 섬세하게 읽는 능력을 지니고 있습니다. 어느 날, 바이러스 재난 상황으로 갑작스레 도서관이 봉쇄되고 리보와 앤은 그 사실을 모르는 채로 도서관에 남겨집니다. 리보는 많은 책 데이터를 가진 앤과 대화해 보지만 아이들이 찾아오지 않는 이유를 여전히 찾지 못해 당황합니다. 인간과의 소통이 그리워진 리보는 자신을 친구라고 불러주었던 도현과의 추억을 떠올립니다. 리보와 도현은 다시 서로 만날 수 있을까요?

어린이 ❹

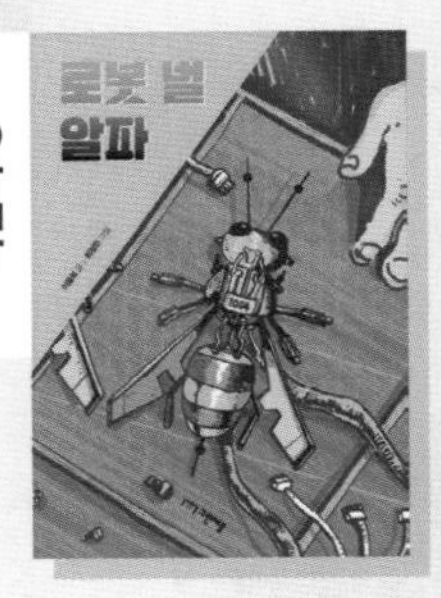

로봇 벌 알파 | 이귤희 글, 최정인 그림 / 그린애플 / 2022년 4월

꿀벌 로봇이 주인공인 장편 동화입니다. 꿀벌이 사라진 미래, 기업 연합 단체 얼스피스는 꿀벌 로봇 글로비를 만들어서 꿀벌이 하는 일을 대신 시키고 있습니다. 글로비 중에서 라인백 프로그램이 설치된 알파와 베타는 현존하는 꿀벌을 찾아내는 비밀 임무를 띠게 되는데요, 오류가 난 베타는 버려지고 알파는 인공 정원 밖으로 나가서 진짜 꿀벌 썬을 만나고 여왕벌에게 메시지를 전해달라는 부탁을 받습니다. 여왕벌을 찾아가는 길에 얼스피스의 음모를 알게 된 알파의 마지막 선택이 우리의 가슴을 찡하게 합니다.

청소년 ❶

내 정체는 국가 기밀, 모쪼록 비밀 | 문이소 글 / 문학동네 / 2023년 12월

문이소의 청소년 SF 단편집입니다. 총 다섯 편이 실려 있는데 대부분 자기가 누구인지 알고, 자신의 욕망을 건강하게 좇는 인물들의 이야기입니다. '나는 누구인가?'라는 문학의 오래된 질문을 SF로 흥미롭게 풀어가는 점이 돋보입니다. 그중에서 인격을 갖춘 탁월한 인공지능이 등장하는 「젤리의 경배」와 버려진 반려로봇 봉지의 활약을 담은 「봉지 기사와 대걸레 마녀의 황홀한 우울경」에서 각각 AI와 로봇을 만나볼 수 있습니다.

청소년 ❷

니아 | 송우들 글 / 씨드북 / 2024년 5월

지구 멸망 이후, 타임 노마드가 된 소녀 니아의 이야기입니다. 니아는 과학자 엄마가 만든 인공지능 타임머신 '버거'를 타고 홀로 꿋꿋하게 제타의 추적을 따돌리며 살고 있어요. 미래가 없는 지구에서 과거로만 넘나드는 설정이 독특하고, 주인공 니아와 그를 돕는 인물들의 개성이 돋보입니다. 특히 쫓기는 자였던 니아가 다른 타임 노마드들과 연대하여 불의에 맞서면서 쫓는 자로 변하는 모습이 의미심장합니다.

청소년 ❸

너와 내가 다른 점은 | 남세오 글 / 씨드북 / 2023년 4월

일만 아는 엄마에게 불만이 많은 고등학생 나리는 인공지능 개발자인 엄마의 통화를 우연히 엿듣고 자기 반에 전학온 이로엔이 안드로이드라는 걸 알게 됩니다. 나리는 딸에겐 관심도 없으면서 안드로이드만 잘 만드는 엄마에게 서운함을 느끼는데요, 정작 이로엔은 자신이 인간이라고 굳게 믿고 있어요. 나리는 이로엔에게 진실을 알려줘야 할지, 그대로 놔두는 게 좋을지 고민합니다. 이로엔의 운명은 과연 어떻게 될까요? 손쉬운 해답을 제시하지 않으면서도 인간이 왜 안드로이드를 만들어야 하는가에 대한 윤리적 질문을 던지고 성찰하게 하는 작품입니다.

청소년 ❹

다이브 | 단요 글 / 창비 / 2022년 5월

지구의 대부분이 물에 잠기고, 아이들은 '물꾼'이 되어 물속에서 물건과 식량을 건져내며 살아가는 2057년을 배경으로 하는 이야기입니다. 노고산의 물꾼 선율은 다른 산의 물꾼인 우찬과 더 멋진 것을 건져 오는 잠수 대결을 하는데요, 선율이 물속에서 건져 온 것은 다름 아니라 잠들어 있는 기계인간이었어요. 이제 선율은 깨어난 기계인간인 수호의 비어 있는 기억을 찾기 위해 애쓰게 됩니다. 수몰된 세계에서도 과거를 마주하며 새로운 삶을 기약하는 청소년들의 모습이 잘 그려져 있습니다.

벙커 랩 | 깜짝 카툰

노바의 고백

© 마타

기대하시라!

도전! 컬러링 : 우주에서 보내는 신년인사

"만약 기계에 감정이 있다면, 감정을 느끼고 싶은 욕구도 있을까?"
"If machines were to have emotions, would they also have the desire to feel them?"

《안드로이드는 전기양을 꿈꾸는가?》 필립 K. 딕, 1968

극도의 외로움에서 시작된 이야기 ⓒ이소영

영화 〈로봇, 소리〉는 어떻게 만들어졌나

* 이번 호 '물음표 리뷰'는 영화 〈로봇, 소리〉의 시나리오를 쓴 이소영 작가님께 기고를 요청했다. 시나리오의 시작부터 영화 제작까지의 이야기를 통해 영화에 대한 보다 깊은 이해가 이루어지길 바란다. (편집자 주)

SF 영화의 시나리오를 쓴다는 건 어떤 걸까? '시나리오'란 '씬(Scene)'들이 모여 있는 집합체다. 각각의 씬은 '씬 번호(장소)', '지문', '대사'로 이뤄져 있다. 이런 씬들이 대략 100개 정도 모이면, 한편의 장편 '시나리오'가 완성된다. 그렇다면 이런 시나리오로 시간여행을 하고 로봇이 나오는 SF를 쓴다는 건 어떤 걸까? 과학과 첨단 기술을 잘 설명할 수 있어야 한다고 생각할지도 모르겠다. 그런데 나의 경우는 〈로봇, 소리〉를 쓸 때 과학 지식이나 SF 장르에 대해서도 풍부하게 알고 있지 않았다. 다만 나에겐 강력한 한 줄이 있었다. **'누군가 내 말을 들어줬으면 좋겠다'**라는. 모든 건 이 한 줄에서 시작되었다.

2006년, 그해는 '아무도 불러주지 않는 시간'이었다. 시나리오 작가로서 일이 들어오지 않았다(즉, 어떤 영화사도 나를 고용해 주지 않았다). 친구들은 각자의 직장으로 출근하는데 나는 갈 곳이 없었다. 그 시절 아침에 눈을 뜨면, 어디로 가야 할까를 먼저 생각했던 거 같다. 어떤 날은 열 마디를 채 하지 않았다. 외톨이 어른이 된 기분이었다. 내 책상 위에는 손바닥만 한 녹색의 철제 로봇이 있었다. 툭 말을 걸어보곤 했다. "안녕. 오늘은 어때?" 별거 없는 일상적인 인사 정도지만, 정서적으로 차가울 때 조금이나마 따뜻한 온기를 느낄 수 있었다. 만약 이때 이 장난감 로봇이 내게 대답했다면, 우린 분명 베프가 되었을 거다. 나는 이 로봇이 내 말을 들어주고 대답해 주는 상상을 자주 했다. 그래서인지 어느새 내 앞에 소재가 자연스레 나타나 있었다. **– 세상에 모든 말을 듣고 있는 존재가 있다면 –** 이라는 가설은 우주에서 모든 걸 듣고 있는 로봇으로 이어졌다. 그러다 보니 인공지능인 인공위성이 생각났고, 이어 소년과 로봇의 만남으로 이야기의 전개가 나아갔다.

영화 〈로봇, 소리〉를 봤다면 이 부분에서 의아할 것이다. 〈로봇, 소리〉는 중년 남성과 로봇의 만남인데… '소년과 로봇'이라니? 그렇다. 원래 〈로봇, 소리〉의 초창기 시나리오는 로봇과 소년의 우정 이야기였다. 영화화된 버전과는 다르다. 이 글을 읽으실 분들의 이해를 돕고자 〈로봇, 소리〉 초창기 버전인 로봇과 소년이 주인공인 줄거리를 짤막하게 요약해 보겠다.

세상의 모든 소리를 듣는 인공위성 로봇이 추락했고, 하필(?) 대한민국 굴업도 섬에 떨어져 열일곱 소년을 만난다. 이 소년은 소년원에서 막 퇴원했다. 사람들은 왜인지 이 소년을 '살인자'라고 부른다. 이 소년의 죄목은 꽤 센 거 같다. 로봇을 발견한 소년은 서로 공감해 간다. 그리고 소년은 로봇에게 '소리'라는 이름을 지어준다.

국정원과 나사(NASA)가 위성(로봇)을 찾기 위해 추적극이 시작될 무렵, 이 소년이 병원 병실에서 식물인간 상태인 아버지의 산소 호흡기를 스스로 뺀 사건의 전말이 드러난다. 하지만 로봇 소리는 모든 소리를 들을 수 있기에 소년 아버지의 죽음은, 아버지가 소년에게 부탁했던 일이었음을 알고 있다. 소년을 오해하는 건 세상이었다는 걸.

한편, 로봇은 국정원과 나사에게 붙잡히고 싶지 않다. 그들이 '자신 속에 내장된 정보를 가지고 사람들을 해친다는 걸' 인지하기 때문이다. 그들에게 잡혀 그런 도구로 이용될 바에는 소년에게 자신을 죽여달라는 로봇, 아버지와 같은 딜레마에 봉착한다. 소년은, 이번에는 로봇 소리를 끝까지 책임지고 싶어 보호한다.

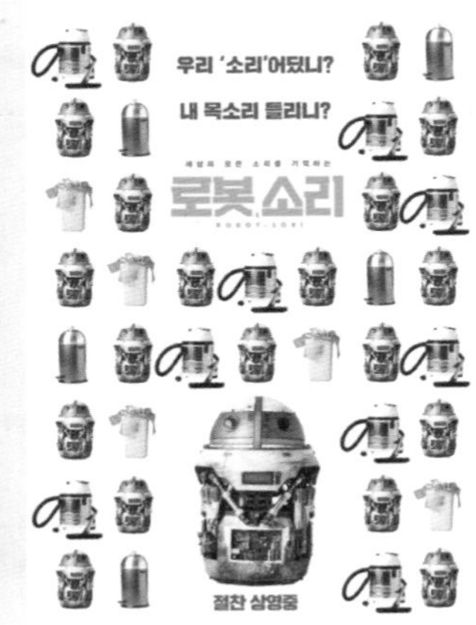

영화 〈로봇, 소리〉 공식 포스터

2012년, 이 시나리오를 제작할 영화사가 결정되고 시나리오 각색이 시작되었다. 그리고 첫 번째로 봉착한 문제가 '아버지의 산소 호흡기를 뺀 소년' 부분이었다. 어떻게 풀 것이냐는 논의가 시작됐다. 이 소년이 가지는 도덕적 딜레마는, 상업 영화로는 부담이 있었다. 영화는 주인공이 끌고 가는 것이다. 주인공은 우리가 사랑할 수 있고 공감할 수 있으며 이해할 수 있어야 한다. 그것이 상업 영화 주인공의 덕목이기도 하다. '상업' 영화라는 걸 내 나름대로 정의한다면, 많은 예산을 들여 영화를 만들어 그 예산 이상의 수익을 창출하기 위해서 많은 관객의 사랑을 받고 싶기를 원하는 것, 이라고 말할 수 있겠다. 그렇다면 이 소년은 충분히 '상업적인' 주인공이 될 수 있을까?

이 질문을 두고 치열한 시나리오 회의를 통해 여러 번 고쳤지만, 결과적으로는 소년의 딜레마 무게는 피해서 갈 수가 없다는 결론에 도달했다. 이런 각색 과정 중 이호재 감독님이 합류하셨고, 남겨진 딜레마를 감독님과 제작자분들이 '대구 지하철 참사'와 '부성애'를 가지고 들어오면서 다른 방향으로 넘어갔다. 바로 이 각색 방향이 완성된 영화의 형태로 다가가는 결정적 지점이 되었다.

2013년, 그렇게 감독님의 각색을 거쳐 다시 나에게 각색고가 돌아왔을 때는 소년은 사라지고 참사를 겪은 가족의 중년 아버지가 남았다. 물론, 이 아버지 캐릭터는 당시 나에겐 낯선 존재였다. **'실종된 딸을 찾는 아버지를 세상의 모든 소리를 듣는 로봇이 돕는다'**라는 설정으로 각색을 다시 해나갔다. 참사라는 현실의 비극성이 커서 괴로운 작업이었다. 참사 관련 자료들을 볼수록 내가 감히 이 이야기를 써도 되는가 하는 의문이 들기도 했다. 그럼에도 이 버전이 최종 시나리오가 되었고, 〈로봇, 소리〉는 2016년 개봉했다.

영화 〈로봇, 소리〉 스틸 컷

2003년 대구, 해관(이성민)의 하나뿐인 딸 유주가 실종되는 사건이 벌어진다. 아무런 증거도 단서도 없이 사라진 딸의 흔적을 찾기 위해 해관은 10년 동안 전국을 찾아 헤맨다. 모두가 이제 그만 포기하라며 해관을 말리던 그때, 세상의 모든 소리를 기억하는 로봇 '소리'를 만난다. '미친 소리 같지만, 이 녀석이 내 딸을 찾아줄 것 같습니다.' 해관은 목소리를 통해 대상의 위치를 추적할 수 있는 로봇의 특별한 능력을 감지하고 딸 유주를 찾기 위해 동행에 나선다. 결국 딸이 사라진 지점에서 '대구 지하철 참사'와 마주하게 되는 해관. 한편, 사라진 로봇을 찾기 위해 해관과 '소리'를 향한 무리들의 감시망 역시 빠르게 조여오기 시작하는데… 과연 그들은 사라진 딸 유주를 찾을 수 있을까?

이렇듯 초창기 버전과 개봉 버전에 차이가 크다. 이 과정에서 주인공이 소년에서 중년 남자로 바뀐 것뿐 아니라 인공지능 딥러닝, 첩보위성 등 기술적인 설정도 추가되었다. 하지만 수십 번의 각색 과정을 거치면서도 한 번도 변하지 않은 것이 있다. **'누군가 내 말을 들어줬으면 좋겠다'**라는 절박하게 외로운 주인공의 마음과 그 마음에 답으로 나타난 로봇. 이런 기적 같은 만남이 '외로움'이란 감정으로부터 시작되었다.

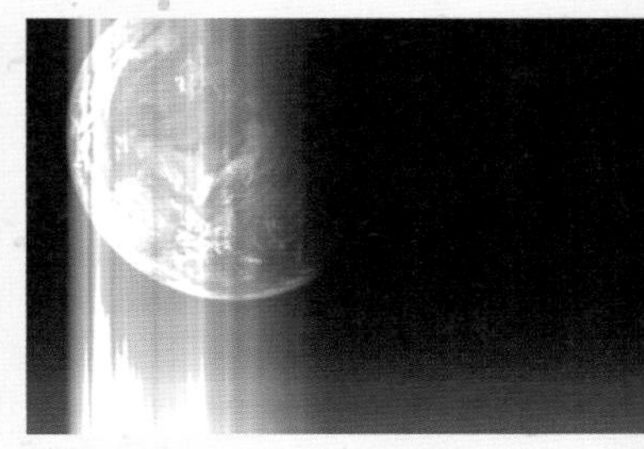
하야부사 1호가 남긴 마지막 지구 사진(카메라가 손상된 상태였음)

나는 〈로봇, 소리〉의 시나리오를 쓰는 내내(그 버전이 어떤 것이든) 이 감정만큼은 잊지 않으려 애썼다. 그래서 작업하는 동안 늘 한 장의 사진을 붙여놨다. JAXA(일본 우주항공연구개발기구)의 탐사선 하야부사 1호가 찍은 사진이다. 2003년 우주에 간 하야부사1호는 소행성 샘플 채취 등 여러 미션을 수행했다. 그리고 2010년 모든 임무를 마치고 호주의 사막으로 떨어져 생이 끝났다. 하야부사 1호는 모든 기능이 정지되기 직전 망가진 채 지구를 찍어 보냈다. 이 사진을 보며 하야부사1호가 우주에서 일하던 시절의 모습을 생각했다. 광활한 우주, 홀로 수행해야 할 업무, 멀리 보이는 지구… 이렇게 하야부사1호를 떠올리면, 나는 늘 다시 외로움으로 돌아올 수 있었다. **그리고 이 외로움은 극장에서 만난 '소리'가 되었다.**

이소영

영화 〈화성으로 간 사나이〉 원안을 시작으로 꾸준히 영화 각본을 쓰고 있다. 개봉작으론 〈로봇, 소리〉, 〈옥수역 귀신〉, 〈미확인 동영상〉, 〈아파트〉, 〈여고괴담3-여우계단〉이 있다. 장편소설로는 《알래스카 한의원》, 《슈퍼리그》를 출간했다.

외계 생명체가 깊은 바닷속에?!

© SUKU

SUKU
심심한 날도 즐거운 날도 이야기를 만들며 살고 있다. 그렇게 만들어진 이야기를 그림으로 엮어 그림책을 만든다.

SF영화나 소설 속에서 이야기의 맛을 살리는 것은 첨단 로봇 캐릭터뿐 아니라 무시무시하게 생긴 괴물일 때도 있어. 예를 들어 1979년 개봉한 리들리 스콧 감독의 에이리언(ALIEN)은 미지의 외계 생명체가 괴물로 등장하는데, 그로테스크한 모습이 영화 흥행에 한몫했을 뿐만 아니라 이후 많은 SF 공포물에 영향을 주었어.

그런 괴물의 모습은 어떻게 상상했을까? 에이리언 영화에 등장하는 괴물의 생김새는 몇 가지 동물과 곤충의 모습에서 모티브를 삼았다고 해. 특히 그 괴물이 태어나는 장면은 기생말벌이 숙주에 알을 낳고, 알에서 부화한 애벌레가 숙주를 먹고 나오는 과정을 참고했는데, 영화 속의 그 장면이야말로 기이하고 공포스러운 느낌의 정점을 이루지.

우리가 새로운 캐릭터를 상상해 낼 때, 지금까지 한 번도 본 적 없는 모습을 만들어 내기는 쉽지 않아. 관객이나 독자도 마찬가지야. 어디선가 본 듯한 모습이 오히려 더 큰 상상과 감정을 불러일으킬 수 있지. 특별히 괴물이나 기이한 모습의 캐릭터를 만들 필요가 있다면, 나는 심해를 추천하고 싶어. 심해야말로 약간의 익숙함 속에 낯선 것을 만들어 내기 적합한 자료실이라고 할 수 있지.

수심 1,000미터 밑에 사는 '축구공고기'는 온몸에 바느질이 된 듯한 모습을 갖고 있는데, 생김새가 마치 인조인간 프랑켄슈타인같이 생겼어. (사실 그 바느질 자국은 신경기관이라고 해.)

'심해 아귀'는 투명한 몸이 유령 같은 느낌을 주는데, 거기에 날카로운 이빨과 촉수까지 더하면 지구상에 존재하는 생명체라고 믿기 어려운 느낌이야.

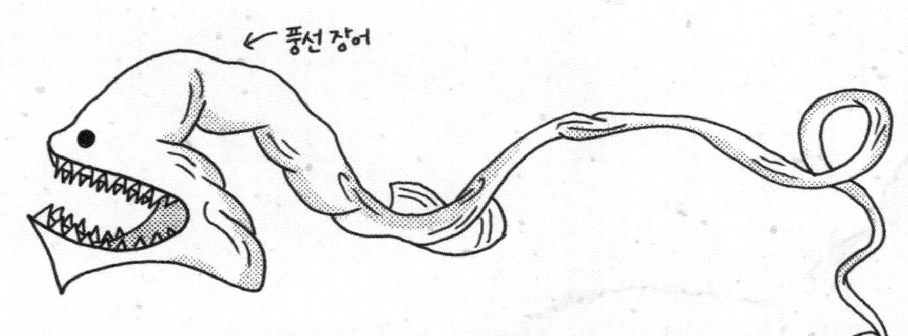

수심 2,000미터 밑에 사는 풍선 장어는 얼굴이 무서운 느낌을 주는데, 얼굴에 비해 입이 너무 크고, 풍선같이 부풀어지는 턱을 가지고 있어. 이 모든 생김새가 극한의 심해 환경에 적응하기 위한 결과이지만, 우리가 육지에서 볼 수 있는 일반적인 동물과는 전혀 다른 모습이기에 기이하면서도 경이로움을 동시에 느낄 수 있어.

하지만 무서워할 필요는 없어. 심해 괴물, 아니 심해의 생명체는 압력을 견디기 위해 몇 센티미터를 넘지 않는 작은 크기를 가지고 있거든.

그중에서 큰 편에 속하는 흡혈오징어는 약 30센티미터의 크기라고 하는데, 정확한 이름이 뱀피로테우티스 인페르날리스(Vampyroteuthis infernalis)야. 글자 그대로 읽으면 '지옥에서 온 흡혈 오징어'라는 뜻이지. 몸은 까맣고, 핏빛 같은 빨간 눈을 가졌기 때문에 그런 이름이 붙었다고 해.

어때? 깊은 바닷속만 잘 찾아보면, SF 이야기나 게임 속 독특한 캐릭터 디자인은 걱정할 필요가 없겠지?

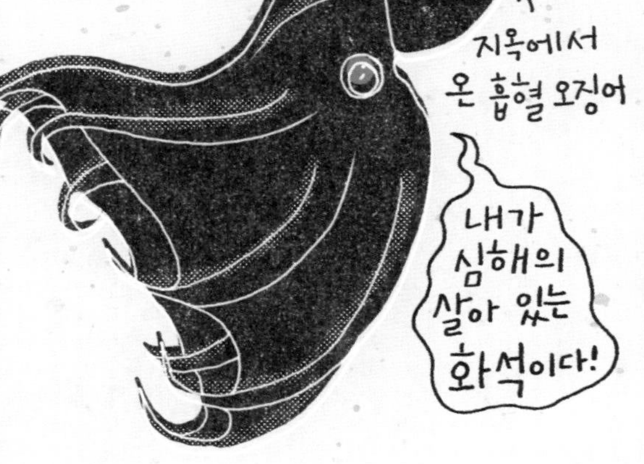

밤이 없는 세계

© 이지유

2025년이 밝았어! 모두 새해 복 많이 받아.

새해 첫날에 나누는 인사에 하필이면 왜 '밝다'라는 단어를 쓸까? 아니, 2025년이 밝았으니 밝았다고 하는데, 왜 밝았다고 하냐고 물으면 뭐라고 답해야 해?

2024년 12월 31일 밤이 지나면 2025년 1월 1일 아침이 된다는 사실, 지구인이라면 모르는 사람이 없을 거야. 너무 당연한 일이라 의문조차 품지 않아.

그런데 말이야, 밤이 없는 세계가 있다면 새해가 밝았다고 말을 할 수 있을까?

뭐? 그런 생각을 해본 적이 없다고?

자, 그럼 한 번 생각해 봐.

아이작 아시모프라는 SF 작가가 1941년 「전설의 밤」이라는 단편 SF소설을 써서 발표한 적이 있어. 나는 그 소설을 처음 읽었을 때 아주 깜짝 놀랐어. 세상에 밤이 없는 행성이라니!

지구에 밤이 없다고 상상해 봐. 별을 볼 수 없으면 어떻게 지구가 태양 둘레를 돈다는 사실을 증명할 수 있지? 성단을 볼 수 없다면 어떻게 별의 죽살이를 연구할 수 있지? 우리가 이 광활한 우주의 일부임을 모르는 삶은 도대체 어떤 것일까?

나는 지구의 생물과 지구인의 삶이 어떻게 구성되었을지 상상도 할 수 없었어. 내가 상상할 수 없는 일을 상상해야 한다는 것, 그 사실은 공포로 다가왔어. 누군가가 나에게 두건을 씌우고 알 수 없는 곳으로 데려간다고 생각해 봐. 딱 그런 느낌이었어.

전설의 밤에 등장하는 행성 라가쉬에는 밤이 없어. 6개의 태양은 돌아가면 라가쉬 하늘을 돌기 때문에, 이곳에 밤이 없는 거야. 이곳에 사는 사람들은 세상에 별은 여섯 개밖에 없다고 생각해. 밤을 맞이한 적이 없으니 이 우주엔 셀 수 없이 많은 별이 있다는 사실을 몰라.

사실 이 행성은 성단 한 가운데 있어서, 만약 밤이 온다면 밤에는 3만 개의 별을 볼 수 있어. 지구에서 맨눈으로 헤아릴 수 있는 별이 얼추 6천 개라고 하니 라가쉬의 밤하늘이 얼마나 멋질지 상상할 수 있지? 물론 라가쉬 사람들은 별 3만 개가 보이는 밤하늘을 상상하는 일조차 상상할 수 없지만 말이야.

이곳에는 얼추 2,000년에 한 번 개기일식이 일어나. 바로 그날 태양 여섯 개가 달 뒤로 모두 숨으면서 갑자기 밤이 찾아와. 이건 지구인이 날마다 겪는 해넘이와 완전히 달라. 나는 개기일식을 실제로 본 일이 있는데, 그 느낌은 해가 지평선으로 넘어가서 밤이 오는 것과 여러모로 달랐어.

달 뒤로 숨은 해 주변으로 뻗어 나오는 코로나는 빛을 뿜으며 비명을 지르는 것 같았고, 밝았던 주변이 갑자기 어두워지니 아주 신비로운 느낌이 들면서 별이 보였어. 기온이 갑자기 내려가 추웠고, 상황 파악이 빨리 안 된 개들이 짖고 새들이 방향을 잃고 날아다녔어. 그런데 해 여섯 개가 있는 행성에 살던 사람들에게 해가 갑자기 사라진다는 느낌은 어떤 것일까?

라가쉬 행성인들은 갑자기 찾아온 어둠에 놀라 빛을 되찾으려고 애썼어. 그래서 가진 것을 모두 불태워 지상에서 빛을 만들려고 했지. 이건 정말 바보 같은 생각이지만, 어둠의 공포를 느낀 사람들은 어둠을 몰아내기 위해 무슨 짓이든 할 수 있어. 그들은 개기일식이 몰고 온 어둠을 몰아내기 위해 2,000여 년 동안 쌓아온 그들의 기록과 문명을 모두 불태워. 그리고 문명은 다시 원점으로 돌아가 재설정되고 말지.

소설을 읽으면서 이집트의 피라미드와 남미에 있는 거대한 돌을 쌓아 만든 성이 생각났어. 종이 한 장 들어갈 틈 없이 정교하게 잘라 맞춘 성 말이야. 그걸 만들던 문명은 어디로 사라진 걸까? 그곳에도 이와 비슷한 일이 있었던 걸까?

소설을 다 읽고 나서는 보다 근본적인 질문이 떠올랐어. 밤이 없는 행성에 왜 지구인과 같은 영장류가 나타난 거야? 좀 다른 형태와 지능을 가진 생물이 나타나야 하는 거 아니야?

너희도 삐딱하게 생각해 봐. 그래야 SF는 더 재미나다고!

「전설의 밤」

1941년 단편소설로 발표된 아이작 아시모프의 SF 소설. 단편은 미국SF작가협회가 선정한 1964년 이전(네뷸라상 제정 이전) 최고의 단편으로 선정되어 《SF 명예의 전당》 1권에 수록되었다. 한국에서는 1995년에 장편 버전이 작가정신 출판사에서 《나이트폴》로 번역 출간되었고 2010년에 단편 버전이 「전설의 밤」이라는 제목으로 번역되어 오멜라스 출판사의 《SF 명예의 전당 1》 번역본에 실렸다.

이지유

대학에서 지구과학과 천문학을 공부하고 어린이와 청소년을 위해 과학에 관한 글을 쓰고 그림을 그리는 과학 논픽션 작가다. 지은 책으로는 《별똥별 아줌마가 들려주는 과학 이야기》 시리즈, 《기후 변화 쫌 아는 10대!》, 《식량이 문제야!》, 《내 이름은 파리지옥》 외 여러 권이 있다.

알록달록 사탕 행성

윌리의 '외계 우주선 레이더'에 알록달록한 사탕 우주선들이 감지되었어. 어라? 같은 색끼리 모여 있어야 할 우주선들이 뿔뿔이 흩어져 있어! 아래의 행성 지도에서 색이 같은 행성끼리 연결해 서로를 만날 수 있도록 도와줘! 단, 흰색 길을 따라가야 하고, 한 번 지나간 길은 다시 지나갈 수 없어.

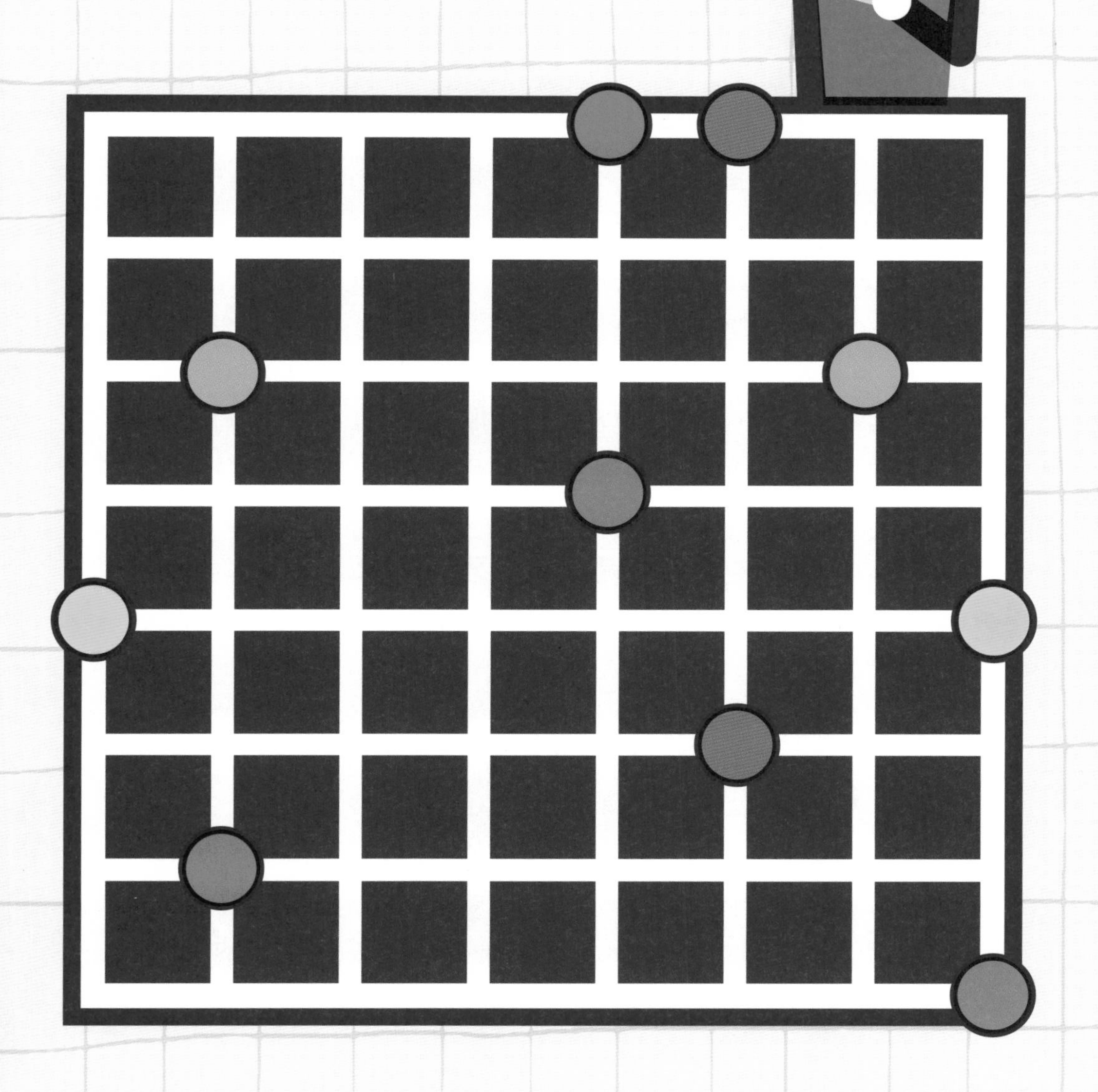

경이로움의 색

© 전혜정

"유미 님, 오늘도 멋진 그림이에요! 궁금하신 점은 없나요?"

유미는 피식 웃었다. 할아버지가 남긴 작업실의 인공지능 챗봇은 늘 이런 식이었다. 마치 어린이용 학습 장난감처럼 질문을 유도하고, 칭찬했다.

올해로 스물, 신진 작가로 이름을 알리기 시작한 유미에게 이런 챗봇과의 대화는 유치했다.

"아카리, 그만 해. 난 이제 어린애가 아니야."

"하지만 호기심은 나이와 무관하잖아요."

"난 바빠. 곧 개인전이라고."

"그래도 마지막으로 하나만 질문을 짜낸다면요?"

귀찮은 챗봇이었지만, 할아버지의 마지막 선물이라 끄지 못했다. 유미가 좋아하던 할아버지는 어린 시절 유미에게 많은 것을 보여주고, 들려주었다. 유미가 질문을 쏟아내면 할아버지는 '유미가 호기심이 많구나'라며 웃곤 하셨다. 인공지능 개발자였던 할아버지는 유미를 위해 아카리를 만들었다. 아카리는 언제나 유미가 먼저 질문하기를 기다리는 것 같았다.

"휴. 알았어, 이번 그림은 어때?"

"모든 사람이 좋아할 것 같아요! 꼭 인공지능이 그린 것 같거든요."

"와, 칭찬 고마운걸?"

유미는 다시 붓질에 집중했다. 할아버지가 인공지능을 개발하던 시절엔 사람들은 인공지능의 그림을 보고 '꼭 사람이 그린 것 같아'라고 했다고 한다. 지금은 사람의 그림을 보고 '인공지능이 그린 것처럼 완벽하다'고 칭찬한다. 나아가 인공지능과 로봇이 결합하면서, 인공지능은 로봇팔로 캔버스에도 직접 그림을 그릴 수 있게 되었다. 많은 화가가 그림을 그만두었다.

그러나 유미는 그다음에 태어났다. 유미의 세대들은 태어날 때부터 인공지능이 인간보다 더 좋은 그림을 그렸기에, 애초부터 인공지능을 경쟁 대상이 아니었다. 관객들은 '인간이 이렇게 잘 그리다니!'라며 유미의 그림을 보러 왔다.

시각장애를 가지고 태어났던 유미도 화가가 될 수 있었던 건 신경 보조장치 덕분이었다.
그 장치 덕분에 세상을 볼 수 있었다.

"유미 님도 그림이 마음에 드시나요?"

유미는 멈칫했다. 처음으로 의문이 들었다.

"내 맘에 드는 게 뭐지? 그동안 난 이 시각 장치가 보여주는 대로 보아왔어. 이 장치에도 인공지능이 있거든. 이 장치는 진짜 사람의 눈보다 더 멀리, 더 밝게, 더 선명하게 볼 수 있다고 했어."

"네, 인간이 보는 것보다 더 잘 보이게 보정해 줘요."

"더 잘 본다는 게 무슨 말이야? 어떤 기준이야?"

"인공지능은 사람들이 좋아하는 것을 학습해요. 더 많은 사람이 좋아할수록, 더 의미 있다고 판단하죠."

"그럼 내 보조장치도…."

"네. 사람들이 '평균적으로' 아름답다고 느끼는 방식으로 시각을 보정해 줘요."

"내가 평균에 길든 거란 말이야? 혹시 내가 직접 봐왔다면 다르게 판단하지 않았을까?"

머리가 복잡해진 유미는 붓을 들었으나 또다시 멈췄다.

"보조장치의 보정 기능을 끄면 어떻게 될까?"

"전시회 한 달 전이에요. 지금 와서 새로운 시각에 적응하는 것은 어려워요."

아카리가 대답했다. 유미는 한동안 생각에 잠겨 있었다. 항상 보채던 아카리도 이번만큼은 군말 없이 기다렸다. 마침내 유미는 입을 열었다.

"보정을 꺼 줘."

세상이 달라졌다. 모든 것이 흐릿하고 불확실했다. 영롱하고 예쁘던 세계가 갑자기 칙칙해 보였고, 밋밋해 보였다. 어떤 것이 아름답고 어떤 것이 추한 것인지조차 판단이 되지 않았다.

"그런 와중에 내 그림만 예전처럼 예뻐. 그래서 더 비현실적이야. 이제 이게 대체 무엇을 닮은 그림인지도 모르겠어. 난 항상 보이는 걸 그렸다고 생각했는데."

다시 그린 그림은 엉망이었다. 하지만 두 번째, 세 번째… 그릴수록 뭔가 달라졌다. 유미는 질문을 시작했다.

"난 뭘 그리고 싶은 거지?"

"내가 그림을 그리고 싶은 이유는 무엇이지?"

"나는 뭘 전달하고 싶은 거지? 보는 사람이 어떻게 느끼길 바라는 거지?"

아카리는 전과 달라진 유미의 질문에 충실히 토론 상대가 되어주었다.

전시회 당일. 아카리가 말했다.

"검토 결과, 관객 선호도 예측치는 기존 대비 47% 하락이에요."

유미가 말을 끊었다.

"아카리, 인공지능은 어떻게 예술을 판단해?"

"더 많은 사람이 선호할수록 더 의미 있다고 생각하고, 그 방향으로 선택해 나아가요."

"그럼, 소수만 이해하는 작품은? 아니, 지금은 이해되지 않지만 미래에는 의미가 있을 수 있는 작품은?"

침묵이 흘렀다.

"… 그런 건 데이터에서 지워져요."

"그렇구나."

"하지만 인공지능이 완전히 새로운 작업을 못 하는 건 아니에요. 그저 조금 어려울 뿐이죠. 할아버지가 남긴 유언을 들어보실래요?"

유미는 놀랐다. 유언이 있다고? 아카리는 단순히 어린이용 챗봇이 아니었다. 할아버지는 이 때를 위해 기다리고 있었던 것이다.

"유미야."

아카리를 통해 할아버지의 목소리가 흘러나왔다.

"넌 태어날 때부터 세상을 다르게 보았지. 그러나 그게 네 약점이 아니야. 모든 사람이 진실은 하나라고 믿지만 그렇지 않아. 똑같은 사람의 눈으로 세상을 바라봐도, 다들 다르게 본단다. 세상에 같은 렌즈는 없어. 그래, 세계는 사람 수만큼 존재한단다. 예술은 사람들 간에 차이를 드러내 보이는 것이야. 끊임없이 평균에 균열을 내야 돼. 그러려면 질문을 멈추지 말아야 해. 너는 어떻게 다르게 보는지, 남들은 어떻게 다르게 보는지를 알려면 말이야. 질문이야말로 세상의 비밀을 알아내는 방법이란다. 호기심을 잃지 말렴."

© 전혜정(미드저니 작업)

전시회 당일, 사람들의 반응은 극과 극이었다.

대부분 실망했지만, 소수의 사람들은 '왠지 그림 앞에 오래 서 있게 된다.'고 평했다.

[1년 후]

유미의 그림은 크게 달라졌다. 유미는 보조장치의 보정을 켜고 끄는 것을 자유롭게 선택해 가며 그림을 그렸다.

"유미 님이 사용하는 인공지능의 선택들도 조금씩 달라지고 있어요."

아카리가 말했다.

"소수의 해석, 낯선 시도들도 조금씩 데이터에 쌓이기 시작했거든요. 유미 님의 그림을 좋아하는 사람들의 선택도 데이터에 포함되었고요. 저도 변한 것 같나요?"

"너도 많이 변했어."

유미가 새 캔버스를 꺼내며 말했다.

"질문해 달라고 하기보다, 이제 질문을 하기 시작하네."

유미는 붓을 들었다. 더 이상 완벽한 그림을 그리려 하지 않았다. 대신 계속해서 질문했다. 그리고 그 질문들이 만드는 흔적이 유미만의 예술이 되어갔다.

"오늘은 무슨 질문을 하고 싶으세요?"

유미가 미소 지었다.

"나도 그게 궁금하네."

붓끝이 캔버스에 닿았다. 새로운 경이로움을 찾아가는 여정은 계속되고 있었다.

• • •

AI에 대해 어른들은 많은 걱정을 해요. AI가 인간의 일자리를 뺏을 거라고도 하고, AI가 인간보다 더 똑똑해질 거라고도 하죠. 하지만 우리 이야기의 유미처럼, 중요한 건 다른 곳에 있어요.

AI는 우리가 좋아하는 것들을 배워요. 많은 사람이 '좋다'고 하는 것을 기억하고, 그런 것들을 더 많이 만들어내죠. 이건 좋은 점이에요. 하지만 동시에 우리가 아직 이해하지 못하는 것들, 낯설지만 소중할 수 있는 것들은 점점 사라질 수도 있어요.

유미는 처음에 '모두가 좋아하는' 그림만 그리려고 했어요. 하지만 그러다 보니 정작 자신이 진짜 그리고 싶은 그림을 잊어버렸죠. 질문하는 것을 두려워했고, 새로운 시도를 하지 않았어요.

우리에게 필요한 건 '경이로움'이에요. 경이로움이란 뭘까요? 그건 계속해서 궁금해하는 마음이에요. "왜일까?", "이건 뭐지?", "다르게 하면 어떨까?" 하고 끊임없이 묻는 거예요. 처음에는 이상하고 틀린 것 같아 보여도, 그 질문들이 우리를 새로운 곳으로 데려가요. AI는 우리의 적이 아니에요. 오히려 우리가 더 많이 질문하고, 더 많이 상상할 수 있게 도와주는 친구가 될 수 있어요. 유미가 아카리와 함께 성장했듯이, 우리도 AI와 함께 자라날 수 있어요. 다만 그러기 위해서는 우리가 먼저 질문하고, 상상하고, 도전하는 용기를 가져야 해요.

여러분도 유미처럼 자신만의 방식으로 세상을 바라보세요. 남들이 '이상하다'고 해도 괜찮아요. 때로는 그 '이상한' 생각이 세상을 더 풍부하게 만들 수 있으니까요. 그리고 기억하세요! 눈으로 보는 것보다 더 중요한 건, 우리가 세상을 이해하고 해석하려고 노력하는 자세랍니다.

이 이야기는 끝났지만, 여러분의 질문은 이제 시작일 거예요. 어떤 질문을 하고 싶나요?

전혜정
스토리 작가 및 연구자로, 이화여자대학교에서 시각디자인학과를 졸업하고 같은 대학원에서 석사 및 디자인 박사 학위를 받았다. 특수영상 콘텐츠기획 PD를 거쳐 스토리텔링 회사를 창업하여 다양한 콘텐츠를 기획한 경험이 있다. 현재는 청강문화산업대학교 만화콘텐츠스쿨 교수로 재직 중이다.

로봇은 깡통인가?

© 정재은

다음 빈칸을 채워 보자.

로봇은 ㅁㅁ 이다.

어려운 숙제를 도와주는 '도구'나 '도우미', 일자리를 빼앗는 '괴물', 함께 살아갈 '친구'? 로봇은 무엇이라고 불릴 수 있을까? 우리는 무엇을 '로봇'이라고 부를까?

사전에서 로봇은 '인간과 비슷한 형태를 가지고 걷기도 하고 말도 하는 기계 장치' 또는 '어떤 작업이나 조작을 자동으로 하는 기계 장치'로 정의된다(국립국어원 표준국어대사전). 간혹 '남의 지시대로 움직이는 사람을 비유적으로 이르는 말'로 쓰이기도 한다. 또 다른 사전에서는 '(특히 이야기 속에서) 인간처럼 생겼으며 인간이 하는 일을 할 수 있도록 만들어진 기계'라고 되어 있다(Oxford Advanced Learner's Dictionary).

즉, 로봇은 기계로서 복잡한 작업을 자동으로 해내도록 기대된다. 실제로 공장이나 병원에서 그러한 로봇들이 쓰인다. 집에서 쓸 수 있는 로봇 청소기도 있다. 박물관이나 공항 등에는 안내 로봇이 있고 식당에서 음식을 날라다 주는 서빙 로봇도 있다. 이미 주위에 '로봇'이 꽤 많이 보이고 있는 것이다.

그런데 이러한 기계들을 모두 '로봇'이라고 부르기엔 뭔가 아쉽다. 합체하고 변신하며 적을 무찌르는 로봇, 하늘을 날고 힘이 세고 사건을 해결하는 로봇, 인간과 구분이 안 되며 인간의 일을 대신해 주는 로봇은 어디에 있나? 나 대신 숙제를 하고 방을 치워주며, 내 편이 되어서 세상을 구하는 정도는 해야 로봇이라 할 수 있지 않을까?

그런 로봇은 없다고? 아니! 있다. 위에서 언급한 두 번째 사전에도 '이야기 속에서' 존재한다고 하지 않았는가. 소설이나 영화 속에서, 우리의 자유로운 상상 속에서, 로봇은 다양하고 독창적인 모습으로 존재한다.

SF 속 로봇들은 여러 가지 활동을 할 수 있으며 대체로 똑똑하다. 대부분 인공지능이 탑재된 로봇이기 때문이다. 특히 이야기 속에서 인간과 관계를 맺는 로봇들은 인간과 자유롭게 대화하며 질문에 대한 그럴듯한 답을 '챗GPT'보다 더 빠르고 정확하게 내놓는다. 주어진 명령을 있는 그대로 실행한다. 피도 눈물도 없이, 즉 감정 없이 순전히 논리와 이성만으로. 인공지능 로봇의 MBTI 중 세 번째 글자는 분명히 'T'일 것이다.

그런데 그러한 로봇이 '깡통'이라 불릴 때가 있다. 로봇이 기대되는 행동을 하지 않았을 때나 원하는 답을 내놓지 않았을 때, 로봇은 깡통, 고철, 고물이나 쇳덩어리 취급을 받는다. '양철로 만들어진 통'이면서 머리가 텅 빈 사람을 비유적으로 표현할 때 종종 쓰이는 '깡통'이라는 말이 어쩌다가 로봇에 붙게 되었을까?

'깡통 로봇' 하면 애니메이션 〈로보트 태권브이〉(김청기 감독, 1976)에 나오는 깡통 로봇이 떠오른다. 주인공 훈이의 동생 철이가 몸통에는 난로를, 머리에는 주전자를 쓰고 등장해 웃음을 자아냈다. 어린아이의 장난이 아니라 설계도에 따라 면밀히 제작한 것이지만, 철이 스스로 깡통들을 장착하는 것이니 웨어러블 로봇에 가깝다. 비슷하게 떠오르는 것으로 《오즈의 마법사》(라이먼 프랭크 바움, 1900)의 양철 나무꾼이 있다. 양철 나무꾼은 깡통으로 둘러싸인 겉모습과 심장이 없다는 특징 때문에 로봇으로 오해되곤 하지만, 마녀의 저주로 잘려 나간 신체를 양철로 대체한 경우이므로 양철 나무꾼은 사이보그에 해당할 것이다.

어쨌든 이러한 경우에는 깡통처럼 생겼거나 깡통처럼 금속 재료로 만들어졌기 때문에 '깡통'이라 불린다고 할 수 있다. 하지만 미래를 배경으로 로봇이 등장하는 동화, 청소년소설, 만화 등에서는 인간형 로봇, 나아가서는 겉으로는 인간과 구분이 되지 않는 안드로이드들도 '깡통'이라 불리며 멸시당하기 십상이다. 로봇의 생김새와 상관없이 단지 '로봇'이라는 이유로.

로봇이 고장 나서 또는 로봇이 본래의 역할만 충실히 이행해서, 로봇의 행동이나 말이 기대에 못 미치거나 마음에 들지 않아서, 로봇이 논리적인 답만 내놓고 공감해 주지 않아서, 즉 로봇이 'F'가 아니라 'T'라서, 로봇이 'I'라서 또는 'E'라서, 로봇이 날 귀찮게 해서 등등 깡통으로 불리는 이유도 다양하다. 때로는 로봇이 감정을 가진 듯한 모습을 보이는 경우에도 '깡통 주제에', '쇳덩어리 주제에' 그런 행동을 한다고 뭐라 하기도 한다.

애니메이션 〈월-E〉(앤드루 스탠튼 감독, 2008)나 〈와일드 로봇〉(크리스 샌더스 감독, 2024)의 후기를 검색해 보면 '깡통 같은 로봇에서 따뜻함을 느꼈다'거나 '깡통 로봇의 이야기가 마음을 울린다'는 내용들이 나온다. 분명히 좋은 말들이지만 로봇들은 원래 딱딱하고 차갑고 녹슬기 마련인 '깡통'과 같은 존재라는 전제가 깔려있다. 어린이들을 칭찬한답시고 '어리지만 사려 깊다'라거나 '여자아이지만 기계를 잘 알아', '남자아이지만 요리를 잘해'처럼 선입견을 갖고 말하는 경우가 떠오르기도 한다. 로봇은 그냥 로봇일 뿐인데 사람들은 제멋대로 로봇을 깡통 취급했다가 말았다 하는 것이다. 이쯤 되면 로봇도 많이 억울하겠다. 억울하다는 감정을 느낄 수 있다면 말이다.

로봇이 등장하는 이야기에는 종종 로봇 폐기장과 로봇 기술자들이 등장한다. 로봇이 고철처럼 폐기되는 폐기장에서 운 좋게 로봇 기술자의 손에 건져 올려진 로봇들은 새로운 모습으로 살아날 수 있다. 사라 바론의 그래픽 노블을 원작으로 하는 애니메이션 〈로봇 드림〉(파블로 베르헤르 감독, 2023)에서도 주인공 로봇은 겨우내 해변에 버려져 있다가 고물상으로 가게 된다. 라스칼이 그 로봇의 머리를 발견하고 팔과 다리를 찾아내서 가져오고, 카세트 플레이어와 청소기를 이어 붙여서 로봇의 새 몸을 만들어 준다. 로봇이 부품과 전선으로 이어진 기계라서, 즉 '깡통'과 같은 존재라서 가능한 일이다.

다시 '로봇은 □□이다' 빈칸 채우기로 돌아가 보자. 로봇은 무엇인가? 로봇은 깡통일까? 정답은 없을 것이다. 그리고 누가 뭐라고 빈칸을 채우든, 그걸 그대로 받아들여야 할 이유도 없다. 우리는 로봇이 무엇이길 바라고 있을까?

현실 안에서 그리고 이야기 속에서, 로봇은 다양한 모습과 방식으로 존재한다. 현실에서나 이야기 속에서나 로봇은 점점 더 많아질 것이고, 그만큼 사람들과 다채로운 관계를 맺을 것이다. 로봇을 활용하고 로봇과 소통하고 로봇에 의지하고 로봇을 돌봐 주게 될 것이다. 우리 모두가 당장 훌륭한 로봇 개발자가 되거나 로봇 회사를 차릴 수는 없더라도 우리가 원하는 로봇이 무엇인지는 만들어갈 수 있지 않을까?

우리의 상상 속 로봇들, 그리하여 훗날 우리와 함께 살아가게 될 로봇들은 마냥 비슷비슷한 깡통은 아니길 바란다. 그러므로 로봇이라 어떠어떠할 것이라는 한계를 짓지 말고 SF에서만큼은 정말 멋진 로봇들을 많이 만나고 싶다. 언젠가는 로봇이 로봇을 만들지도 모른다. 고양이나 외계인이 만드는 로봇을 만나게 될지도 모른다. 그러한 세상도 재밌겠지만, 일단 그 전에 개성적이고 매력적이고 믿음직한 로봇, 깡통이 아닌 로봇, 또는 깡통이라 더 멋진 로봇을 우리가 먼저 상상하고 만들어 보자.

여러분이 상상하는 로봇은 어떻게 생겼나요? 자유롭게 그려보고 설명해 주세요!

정재은

SF동화작가. SF 좋아하는 사람들과 SF 얘기하기를 즐긴다. 동화집 《내 여자 친구의 다리》, 《슬이는 돌아올 거래》(공저) 등을 썼다.

조물조물 유연한 두뇌운동 1

벙커 연구소에서는 틈이 날 때마다 규칙 게임을 한다. 그래야 언제나 말랑말랑한 두뇌를 유지할 수 있으니까! 말랑말랑한 두뇌는 여러분이 자유롭게 상상하고 번뜩이는 아이디어를 낼 수 있게 도와줄 것이다. 다음 두 문제는 요원들이 즐겨 푸는 문제이다. 그림을 보고 규칙을 찾아 올바른 정답을 넣어보자.

①

순서대로 나열된 숫자에는
특별한 규칙이 숨어 있다.
규칙을 찾아 빈칸을 채워 보자!

1
↓
11
↓
21
↓
1211
↓
111221
↓
( )

②

화살표 도형 4개를 새롭게 배열해
5개의 화살표로 만들어 보자.
(화살표가 겹치면 안 된다.)

의외로 쉽지않네 이거…

조물조물 유연한 두뇌운동 2

으아악!! 우주 공간에 오니 새로운 문제가 나타났다! 이번에는 조금 더 복잡한 문제를 풀어볼까?
규칙을 찾아 빈칸에 빠진 숫자들을 채워보자! (책을 가로로 돌려서!)

다양한 미디어를 통해 SF 정보를 전달하고
행성 간 네트워크를 연결하는 방송국

벙커캐스트 DJ 싱크가 추천하는 SF 콘텐츠 : 인공지능(AI) 프로그램

벙커타임즈 사이언스 픽션 이슈들을 한번에!

벙커피디아 우리 모두의 SF 용어사전

SF 행사 당신의 이름은
: 2024 보슬비 SF의 밤 스케치 _ SF플러스알파

쓱싹 통신 독자 특별 기고 | 십자말 풀이

에디터 레터 여러분은 어떻게 생각하시나요?

BUNKER CHANNEL K

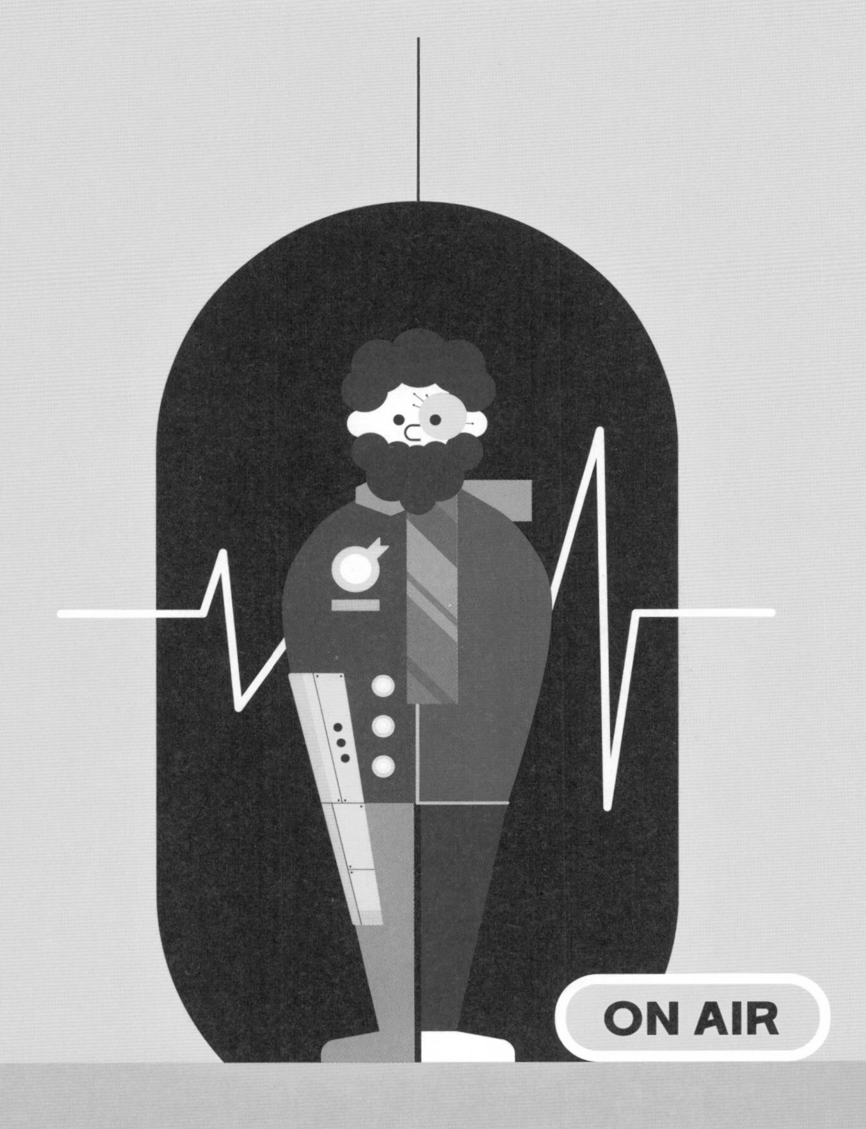

BUNKER 캐스트

다양한 SF 콘텐츠를 소개하는 벙커캐스트의 DJ, 싱크입니다. 오늘은 다양한 인공지능 프로그램에 대해 알아보겠습니다!

인공지능(AI) 프로그램에 대해 알려 주세요!

오늘의 벙커캐스트의 주제는 AI 프로그램입니다. 요즘은 Chat GPT 대화 뿐 아니라 이미지, 음악, 글 등 다양한 분야에서 AI 프로그램을 활용하지요. 불과 10년 전만 해도 먼 미래의 이야기인 것 같았는데, 지금은 누구나 쉽게 다양한 AI 프로그램을 만날 수 있어요. 우리가 활용할 수 있는 AI 프로그램과 그런 서비스를 이용할 수 있는 인공지능 플랫폼에는 어떤 것들이 있을까요?

챗 GPT(ChatGPT)

chatgpt.com

오픈에이아이(Open AI)에서 개발한 대화형 인공지능 서비스예요. 대량의 텍스트 데이터를 사용하여 훈련되며, 사람과의 대화를 이해하고 생성하는 능력을 가지고 있지요. 챗봇으로 대화, 글쓰기, 코드 작성 등 여러 가지 일을 할 수 있어요. 여기에 입력하는 대화문을 '프롬프트(prompt)'라고 하며, 이에 대한 AI의 답변을 '응답(response)'이 생성된다고 표현합니다.

뤼튼(wrtn)

wrtn.ai

뤼튼은 국내에서 만들어진 생성형 AI 서비스예요. 채팅창으로 구성된 기존 프로그램에서 한발 더 나아가 뉴스룸, 캐릭터 챗, 스튜디오, 커뮤니티 등 다양한 콘텐츠와 툴로 구성되어 있어요. 검색어를 입력하면 비교, 분석은 물론 최신 뉴스, 동영상과 이미지까지 찾아줍니다. 명령어를 입력하면 직접 그림을 그려주기도 하고, 스스로 앱도 만들 수 있습니다.

캔바(Canva)

canva.com

'오늘은 어떤 걸 디자인할까요?' 라는 질문으로 시작하는 AI 기반 디자인 플랫폼이에요. 프레젠테이션, 포스터, 문서 및 기타 시각 콘텐츠를 만들 수 있는 이미지를 생성할 수 있고, 디자인 템플릿을 제공해 줍니다.

소크라틱(Socratic)

socratic.org

구글의 AI 기반 지능형 학습 앱이에요. 이 앱은 학생이 이해가 안 되는 문제를 사진으로 찍거나 음성으로 질문을 올리면 전문가가 답해주고 개념을 설명하는 문서 자료, 영상 등을 제공하는 방식이에요.

딥엘(DeepL)

deepl.com

독일 스타트업 회사에서 만든 번역기예요. 번역 정확도가 상당히 높아서 많은 사람이 이용하고 있어요. 앱으로도 이용할 수 있고, 크롬 브라우저에서 사용할 수도 있어요.

엘사(ELSA)

elsaspeak.com

AI 원어민 교사와 영어 말하기 연습을 할 수 있도록 돕는 앱이에요. 영어를 자신감 있게 말할 수 있도록 발음과 어휘를 도와줍니다.

캐릭터 AI(character AI)

character.ai

character.ai

사용자와의 대화를 통해 캐릭터를 생성하는 AI 프로그램이에요. 게임과 애니메이션의 캐릭터부터 실제 인물까지 다양한 캐릭터들과 소통할 수 있어요.

***주의하세요!** : AI 플랫폼을 사용하면 여러 정보를 쉽게 얻을 수 있고, 새로운 형식의 다양한 자료도 만들 수 있습니다. 그렇지만 유해하거나 명확하지 않는 정보들이 도출될 수 있으니 올바른 정보인지 검토하는 것이 중요합니다. 또한 잘못하면 나도 모르는 사이에 사이버 범죄에 휘말릴 수 있으니 꼭 주의해야 합니다.

사이언스 픽션 이슈들을 한번에, **벙커타임즈**

BUNKER TIMES

로봇과 AI가 함께 만드는 미래, '서울로봇인공지능과학관' 개관

서울 도봉구 창동에 로봇과 AI를 테마로 한 공간이 생겼다. 로봇, 인공지능 테마 과학관인 서울로봇인공지능과학관(Seoul Robot & AI Museum, 서울RAIM)이다. 2024년 8월 개관한 서울로봇인공지능과학관은 마치 도시에 불시착한 우주선을 연상시킨다. 이 독특한 건축물의 설계는 국제설계 공모에서 선정된 튀르키예의 건축가 멜리케 알티니식과 권혁찬(위드웍스에이엔이 건축사사무소)이 맡았다.

서울로봇인공지능과학관은 지상 4층 규모로 시민들이 놀이를 통해 로봇과 인공지능 기술을 체험할 수 있는 전시물이 있다. 또한 로봇이 직접 전시를 설명해 주는 '로봇 도슨트'를 비롯하여 인공지능과 자유롭게 소통할 수 있는 메타 휴머노이드 '마스크봇', 신나는 연주를 하는 '팀 보이드', 인공지능이 얼굴을 인식하여 캐리커처를 그려주는 '화가 로봇' 등을 만날 수 있다. 모든 프로그램은 서울시 공공서비스예약을 통해 100% 사전예약제로 운영된다.

알아두면 쓸모있는

로봇과 AI는 어떻게 다를까? 로봇은 인간의 하드웨어(육체) 측면을 강조한 것이며, AI(인공지능)은 인간의 소프트웨어(정신적인) 측면을 강조한 것이다. 로봇의 사전적 정의는 '인간과 비슷한 형태를 가지고 걷기도 하고 말도 하는 기계 장치'를 말한다. AI(인공지능)은 인간의 지능이 가지는 학습, 추리, 적응, 논증 따위의 기능을 갖춘 컴퓨터 시스템을 말한다.

로봇과 함께 춤을!

거실에서 바이오닉 자동 사이보그와 춤추고 있는 남자

인간의 신체 형태를 닮은 휴머노이드 로봇과 함께 어울려 춤을 출 수 있는 날이 멀지 않았다!
다양한 휴머노이드 로봇이 개발되고 있는 가운데, 미국 캘리포니아대 샌디에이고, UC 버클리, MIT 등 공동 연구팀이 왈츠를 함께 출 수 있는 휴머노이드 로봇 프레임워크를 개발했다고 밝혔다. 연구팀은 먼저 실제 사람이 움직이는 모습을 데이터로 만들고 강화 학습 방식으로 시뮬레이션에서 학습을 시킨 후 결과를 중국의 휴머노이드 로봇 유니트리 G1과 H1에 적용했다. 그 결과 로봇은 왈츠 추기, 옆으로 걷기, 펀치 날리기 같은 동작을 할 수 있게 되었다고. 또 사람의 움직임을 실시간으로 따라 하며 박스를 들어올리는 일이나 스쿼트 같은 동작도 할 수 있다고 한다. 휴머노이드 로봇은 실험실, 재난 현장 등 위험한 환경에서 사람을 대체하는 역할 등을 할 수 있다.

안전통행을 위해 굴다리도 인공지능으로 관리

인공지능이 인간의 생활 속에서 어디까지 적용될 수 있을까? 서울 도봉구는 방학역 인근 굴다리 3개소에 국내 최초로 라이다(LiDAR)와 인공지능(AI) 기술을 접목한 굴다리 안전통행 시스템을 도입하며 스마트시티로의 도약을 알렸다. 이 시스템은 차량이 굴다리에 진입할 때 높이를 감지해 통과할 수 있는지 실시간으로 알려 주는 것이다. 이번 시스템은 차량과 보행자의 통행 안전을 혁신적으로 개선할 것이라는 기대를 모으고 있으며, 교통사고 발생률이 높은 지역의 문제를 해결하기 위한 대책으로 주목받고 있다.

산업통상자원부, '제4차 지능형 로봇 기본계획' 확정

민관이 협력해 3조원이 넘는 금액을 투자해 로봇 100만 대를 산업·사회 각 분야에 보급하는 내용을 담은 정부의 '제4차 지능형 로봇 기본계획(2024~2028년)'이 확정됐다. 제조업과 농업, 물류, 서비스, 국방, 사회안전, 의료, 돌봄에 이르는 전 산업·사회 영역에 총 100만 대의 로봇을 투입하겠다는 내용이다. 또한 로봇의 핵심 부품 국산화율을 2030년까지 80%로 올리고, 로봇산업 인력을 1만5천 명 이상 양성하겠다는 것이다. 로봇을 올바른 방향으로 개발·활용하도록 로봇윤리 가이드라인도 마련할 계획이다.

스마트안경, 실시간 통역하고 AI와 보면서 대화한다

페이스북 모회사 메타(Meta)의 스마트안경이 더 '스마트'해지고 있다. 메타는 스마트폰의 뒤를 이을 차세대 증강현실(AR) 기기인 스마트안경 '오라이언(Orion)'을 공개했다. 발표 내용에 따르면 오라이언은 헤드셋, 고글, 헬멧과 같은 형태가 아니라 일상적으로 착용할 수 있는 안경 스타일의 AR 기기이다. 오라이언은 문자 메시지 보내기나 화상 통화, 유튜브 동영상 감상 등이 가능하다.

그뿐만이 아니다. 2021년 9월에 이미 출시된 메타-레이밴 스마트안경은 사진과 동영상 촬영, 음악 감상, 전화 통화가 가능했으며, AI가 탑재되어 대화도 할 수 있었는데, 이번 업데이트에는 '실시간 번역' 기능이 포함되었다. 영어와 스페인어, 프랑스어 및 이탈리아어 간의 음성이 실시간으로 번역된다. 이용자가 해당 언어를 사용하는 사람과 대화하면 안경의 스피커를 통해 상대의 말을 영어로 들을 수 있다. 휴대전화로 대화 내용을 텍스트로 볼 수도 있다. 또 AI 비디오 분석 기능도 추가되어 스마트안경을 쓰고 이용자가 바라보고 있는 것에 대해 질문해도 AI가 대답할 수 있다. 듣고 있는 음악이 무슨 곡인지를 찾아주는 기능도 포함됐다.

스마트안경 시장은 점점 치열해질 것으로 예상된다. 구글과 삼성, 애플도 스마트안경 출시를 앞두고 있다고 하니 다양한 스마트안경을 만날 날이 멀지 않을 듯!

웨어러블 로봇의 미래

웨어러블 로봇(wearable robot)은 로봇을 입는다는 의미로, 로봇 팔이나 다리 등을 사람에게 장착해 근력을 높여주는 장치를 말한다. 이 로봇은 1960년 미 해군이 처음 개발하였는데, 목적은 팔에 로봇을 장착해 무거운 포탄을 쉽게 옮기기 위해서였다. 그 이후로 다양한 분야에서 웨어러블 로봇이 활용되며 점점 더 일상 속으로 파고들고 있다.

웨어러블 로봇은 외골격 본체 외에도 인체의 심장에 해당하는 '전기모터', 감각 신경에 해당하는 '센서', 에너지에 해당하는 '배터리', 근육과 관절에 해당하는 '액추에이터' 등 구동 장치가 핵심을 이루고 있다.

하반신이 마비된 장애인이 일어나 걸을 수 있도록 재활을 돕거나, 공장이나 농업 현장에 투입하여 각종 공정을 해결하는 등 웨어러블 로봇의 도입은 우리나라에서도 활발하게 이루어지고 있다. 곧 우리도 아이언맨처럼 로봇 슈트를 입고 하늘을 날게 되는 건 아닐까?

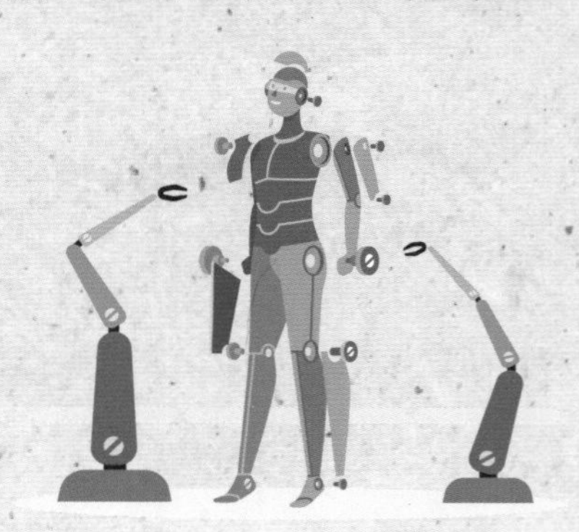

<데데디디 : 파트1> 개봉 확정!

〈데데디디: 파트1〉이 오는 2025년 1월 8일(수) 국내 개봉을 확정했다. 이번에 공개된 메인 포스터는 '절대적' 우정을 나누는 두 주인공 '카도데'와 '오란'이 방과 후 아무도 없는 학교 옥상에서 상공을 뒤덮은 거대 우주 모함을 바라보는 모습을 담고 있다.

이 작품은 초거대 우주 모함이 도쿄의 하늘을 뒤덮은 세계에서 눈앞에 멸망이 닥쳐도 하이텐션으로 살아가는 두 소녀의 삶을 담은 청춘 SF 애니메이션이다. 영화의 원작은《소라닌》,《잘 자, 푼푼》으로 강력한 팬덤을 형성하고 있는 '천재 작가' 아사노 이니오의 만화이다. 작가의 압도적인 세계관과 대학 입시를 앞둔 두 주인공이 던지는 물음에 우리는 어떤 답을 하게 될지 궁금하다.

머신러닝 선구자들, 인공지능 분야 첫 노벨상

스웨덴 왕립과학원 노벨상위원회는 8일(현지시간) '2024 노벨 물리학상' 수상자로 존 홉필드 미국 프린스턴대 분자생물학과 교수(91)와 제프리 힌턴 캐나다 토론토대 명예교수(77)를 선정했다고 발표했다. 챗GPT 같은 강력한 AI를 만드는 데 기반이 되는 '기계학습(머신러닝)'을 가능케 하는 발견과 발명을 이끌었다는 평가다.

존 홉필드 교수는 인간의 신경망을 모방해 컴퓨터가 알아서 최적의 이미지를 찾는 방법을 수학적으로 정립했다.

연구를 이어받은 영국 출신의 제프리 힌턴 교수는 통계물리학을 이용해 컴퓨터를 학습시키는 단계로 나아갔다. 컴퓨터는 딥러닝을 바탕으로 스스로 이미지를 분류하고 새로운 예시까지 만들어낼 수 있게 되었다. 힌턴 교수가 21세기 AI의 아버지로 불리는 이유이다.

힌턴 교수는 인터뷰에서 "AI는 산업혁명에 비견할 수 있습니다. 신체적 능력이 아닌 지적 능력에서 인간을 뛰어넘을 것입니다."라고 말하면서, AI 기술의 급속한 발전이 인류의 생존에 위협이 될 수 있다는 우려를 내비치기도 했다.

1950년에 수여된 노벨생리학상 메달의 앞면

노벨위원회 또한 AI가 가져올 위험성에 대한 경고를 잊지 않았다. 데이비드 해빌랜드 노벨 물리학상 위원은 "AI는 좋은 쪽이든, 나쁜 쪽이든 어느 쪽으로도 사용될 수 있습니다. 어떻게 사용할진 인류의 결정에 달려 있습니다."라고 말했다.

우리 모두의 SF 용어사전, **벙커피디아**

Bunkerpedia

휴머노이드(humanoid)

「1」 머리, 몸통, 팔, 다리 등 인간의 신체와 유사한 모습을 갖춘 로봇을 가리키는 말로, 인간의 행동을 가장 잘 모방할 수 있는 로봇이다. 인간형 로봇이라고도 한다.

「2」 두 발로 걷는 최초의 휴머노이드는 1973년 일본에서 만든 '와봇 1'이다. 와봇 1은 몇 걸음 정도였지만 두 발로 걸을 수 있었고, 미리 입력된 간단한 질문에 답할 수 있었다. 한국 최초의 휴머노이드 로봇은 1999년에 개발된 '센토'였으나 4족 보행이었고, 2004년에 이르러 한국 최초로 두 발로 걷는 '휴보'가 개발되었다.

「3」 휴머노이드는 인간의 지능·행동·감각·상호작용 등을 모방하여 인간을 대신하거나 인간과 협력하여 다양한 서비스를 제공하는 것을 궁극적인 목표로 하고 있다.

빅 데이터(big data)

「1」 '데이터(data)'는 컴퓨터가 처리할 수 있는 문자, 숫자, 소리, 그림 따위의 형태로 된 정보를 말하는데, 빅 데이터는 이렇게 컴퓨터가 처리하거나 관리, 수집할 수 있는 한계를 넘어서는 대용량의 데이터를 말한다.

「2」 빅 데이터는 정치, 사회, 경제, 문화, 과학 등의 기술 전 영역에 걸쳐서 사회와 인류에게 가치 있는 정보를 제공할 수 있는 가능성을 제시하며 그 중요성이 부각되고 있다. 반면 수많은 개인 정보의 집합이기도 하기 때문에 사생활 침해와 보안 측면 역시 중요한 문제로 다루어지고 있다.

머신러닝(machine learning)

「1」 인공지능의 연구 분야 중 하나로, 인간의 학습 능력과 같은 기능을 컴퓨터에서 실현하고자 하는 기술 및 기법이다.

「2」 더 깊게 보면 경험적 데이터를 기반으로 학습하고, 예측하고, 스스로 성능을 향상시키는 시스템과 이를 위한 알고리즘을 연구하고 구축하는 기술이다.

「3」 머신러닝은 2000년대 중반에 들어와서 현저한 발전이 이루어졌다. 머신러닝 기술 중 인공 신경망 분야에서 두드러진 발전이 이루어졌는데, 그것이 딥러닝(deep learning)이다.

어떤 용어든 알려 줄게.

사이보그(cyborg)

‘인공두뇌학’을 의미하는 ‘cybernetic’과 ‘유기체, 생물체’를 뜻하는 ‘organism’의 합성어로 생물 본래의 기관과 같은 기능을 조절하고 제어하는 기계 장치를 생물에 이식한 결합체를 말한다. 생물체가 일하기 어려운 환경에서의 활동을 위하여 연구하였는데, 전자 의족이나 인공 심장·인공 콩팥 따위의 의료 면에서도 연구가 진행되고 있다.

안드로이드(android)

「1」 인간과 똑같은 모습을 하고 인간과 닮은 행동을 하는 로봇. 또는 그런 지적 생명체. SF 등에 등장하는 인조인간을 말한다.

「2」 생명체 기반에 기계적인 요소가 합쳐진 사이보그와 달리 안드로이드는 무생물을 모아서 인간과 같은 모양으로 만든 것이다. 즉, 완전한 기계를 지칭하는 말이다.

알고리즘(algorithm)

「1」 어떠한 문제를 해결해 나가는 문제 해결 방법 혹은 계산 절차. 입력된 자료를 토대로 원하는 출력을 유도해 내는 규칙들의 집합이다. 프로그램 명령어의 집합을 의미하기도 한다.

「2」 프로그램 과정에서 알고리즘을 짜는 것은 ‘계획’ 단계라고 할 수 있다. 계획이 완성되면 그것을 프로그램 언어로 작성하여 소프트웨어를 완성한다.

챗봇(chatbot)

채팅 프로그램에서 유저의 메시지에 응답하는 컴퓨터 프로그램을 말한다. 정해진 규칙에 맞춰서 메시지를 입력하면 답을 하는 단순한 챗봇에서부터 대화형 인공지능을 통해 상대방의 메시지를 분석하여 답변을 내놓는 챗봇까지 다양한 챗봇이 있다.

로보틱스(robotics)

로봇에 관한 과학이자 기술학으로 로봇공학을 말한다. 컴퓨터 과학과 공학 등 여러 학문의 접점이자 학제간의 연구 영역이다.

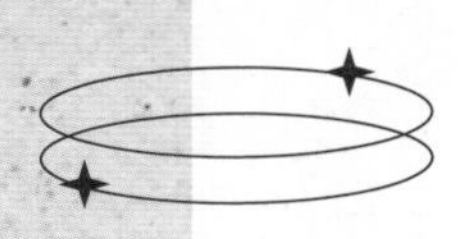

당신의 이름은

2024 보슬비 SF의 밤 스케치

© SF플러스알파

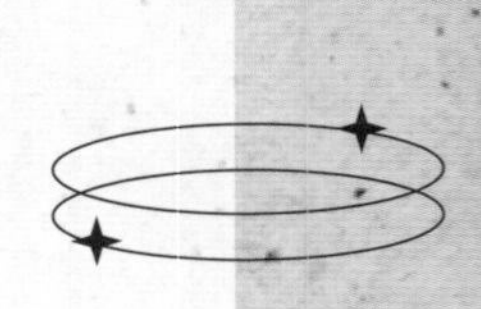

2024년 10월 29일 저녁, '2024 보슬비 SF의 밤'이 개최되었다. 보슬비 SF의 밤은 한 해 동안 출간된 어린이·청소년 SF의 경향을 돌아보고 그중 우수한 작품을 추천하는 자리로, 이번이 세 번째 행사다. 이번 행사의 주제는 '당신의 이름은'이었다. 어린이·청소년 SF를 쓰고, 만들고, 읽고, 즐기는 사람들이 한자리에 모여서 무엇을 했을까?

행사를 주최한 SF플러스알파의 초대를 받고 참가한 벙커 K 요원들의 목소리로 그 날의 풍경을 전한다.

 아라! 마루! 컵봇! 큐브걸! 윌리! 앤트군! 노바! 별이!

 왜옹 왜옹!

 무씨! 꼬마 썬! 멜론머스크! 싱크!

 벙커K 요원들, 모여라. 지구의 장 버드로부터 연락이 왔다. 장 버드가 우리의 이름을 부르고 있다!

싱크가 가슴에 달린 모니터를 툭툭 쳐서 허공에 커다란 화면을 띄웠다. 우주에 떠 있는 벙커 K 연구소의 요원들이 하나 둘 회의실로 모여들었다.

장 버드가 연락할 시간이 아닌데?

혹시 지구에 무슨 일이라도?

재미난 일이면 좋겠다!

 벙벙-커커-케이케이. 잘 들리나요? 화면 보여요?

보슬비 SF 추천작 전시 모습.
미니어처로 만들어 미니 책장에 꽂힌 지난 추천작들의 모습도 보인다.

 잘 들리고 잘 보여. 장 버드 혼자 멋진 곳에 갔나 봐.

 와우, SF다! 내가 읽은 책도 있어요!

지금은 지구 대한민국 시간으로 2024년 10월 29일 저녁 7시, 나는 서울의 플랫폼P에서 열리는 '2024 보슬비 SF의 밤'에 비밀리에 참석중이다.

왜 비밀이죠?

그게 더 폼 나잖아. 그런데 말투가 너무 딱딱해요.

노바, 화면 가리면서 둥둥 떠 있지 마.

그러면 이제 편하게 말할게. 지금 보여준 화면은 행사장 밖에 전시된 모습이고, 이제 본 행사 상황을 알려 줄게. 지금 행사장으로 꽤 많은 사람들이 들어가고 있어.
거의 어른이지만 어린이도 몇 명 보이네! 우주 정거장까지 통신 시차가 있어서 화면을 다 보여주기 힘들다는 점을 양해해 줘.

네!

좋아요!

왜옹!

최근 어린이청소년SF 경향

기쁜 소식! 최근 들어 어린이·청소년 SF가 점점 많이 출간되고 있다고 해. 2010년대에 비하면 2020년대에는 훨씬 더 많아졌대. 어린이·청소년 SF 작품을 쓰는 작가도 많아졌을 뿐 아니라 그 책을 내는 출판사도 늘어났기 때문이지.

'2024 보슬비 SF의 밤'
행사장 모습

퀴즈! 그러면 최근 어린이청소년SF 작품 제목에서 가장 많이 사용된 단어가 뭐게?

멜론?

쿠키!

왜옹!

별이나 우주?

마루가 '우주'라고 말했어? 딩동댕. 최근 3년 동안 나온 어린이·청소년 SF 작품 제목에 **우주**라는 단어가 가장 많이 들어가 있었대. 그리고 **지구, 아이, 세계, 로봇** 등이 많았어.

최근 3년 동안 어린이·청소년 SF의 작품 제목에서 많이 사용된 단어들

어린이·청소년 SF는 우주, 로봇, 가상현실, 인간과 로봇 등에 많은 관심을 갖고 있다는 걸 제목으로도 알 수 있었어. 그밖에 **비밀, 사랑, 고양이, 여름, 구름**처럼 예상하지 못했던 단어들도 꽤 많았다는 점이 흥미로워. 2020년대에는 2010년대에 비해서 특히 **우주** 또는 **지구, 행성, 달**과 같은 단어가 제목에 많이 쓰이게 되었대. 어린이·청소년 SF의 공간이 확장되었을 뿐만 아니라 상상력을 구체적인 공간에서 구현하는 작품이 많아졌다는 뜻이지. 특히 제목에 **지구**가 들어간 작품들은 지구에 찾아오는 외계인들의 이야기나 지구 환경에 관한 이야기들이라는 점이 눈에 띄었어.

작품 제목에는 고유명사, 즉 특정한 이름들이 쓰인 경우가 많았대. 특히 청소년 SF에서는 **최다미, 디어루, 아현, 니아, 박하, 깡지, 젤리** 등 주인공의 이름이 제목에 직접 등장했다는 거야.

여기서 퀴즈! 다음은 무엇의 이름들이게?

노아 차우주트 나비 타보타 아카 땁다후르 비올레

로봇!

반려 곤충?

외계인!

미래 인간들!

땡. 어린이·청소년 SF에 나오는 행성에 붙은 이름들이야. 다른 퀴즈를 내 볼게. 다음은 무엇의 이름들일까?

슈찻 꼬꼬 도챈스 라우렐 오플리아 디오 무스키

반려 식물?
외계생명체
로봇!
아이돌 멤버들!

'외계생명체'라고 한 거 누구야? 큐브걸? 맞았어. 작품에 나온 외계인의 이름들이 이렇게나 다양했대. 이야기 속 외계 행성, 외계 존재들뿐 아니라 로봇과 AI, 가상현실 세계의 시스템들도 구체적이고 개성적인 이름을 갖기 시작했어. '엄마'나 '할머니' 등으로 불리며 이름을 갖지 못했던 이들에게 멋진 이름과 역할이 부여된 경우가 많았다는 점도 주목할 만해.

2024 보슬비 SF 추천작, 어린이청소년은 이렇게 읽었다

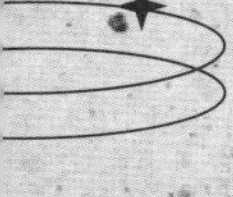

이거 보여? 추천작 작가들에게 선물할 축하 문진이야. 영롱한 빛이 나기에 자세히 봤더니 제임스웹 우주망원경이 133억 년 전에 3개의 은하가 탄생하는 장면을 포착했고, 그 장면을 일러스트로 다시 그린 거였어. 세 번째 보슬비 SF의 밤에 꽤 어울리는 선물이야.

보슬비 SF 추천작 작가님들께 드린 축하 문진과 꽃다발

이제 보슬비 SF 추천작을 써 주신 작가님들께 축하 문진과 꽃다발을 드리고 있어. 김동식 작가는 지방 강연을 마치고 비행기 타고 막 도착하셨네. 모두 다섯 분의 작가와 오프라인 활동을 하지 않는 듀나 작가의 대리자, 토끼 인형이 참석하셨어.

보슬비 SF 추천작, 모두 읽고 말겠다!

나는 일단 '우주'가 들어가는 책들부터 읽어야지.

얼른 한국어 실력을 키워서 책을 줄줄 읽게 되면 좋겠어.

대박! 추천작을 읽은 어린이와 청소년들의 소감을 소개하는 시간이야. 전국에서 모두 32명의 어린이청소년들이 미리 추천작을 읽고 의견을 줬대. 이거 엄청 재미난 걸.

나도 알았으면 참여했을 텐데.

무슨 의견이 있었는지 알려줘요.

추천작 중에서 기억에 남는 등장인물들의 이름을 알려 줄게. 추천작을 읽은 어린이, 청소년들은 《우주 가족을 찾아라》의 박맹금 여사, 《우주 학교》의 시현, 「틈새의 클로버」의 여누, 《니아》의 니아와 은우, 「소녀 농부 깡지와 웜홀 라이더와 첫사랑 각성자」의 깡지, 「자코메티」의 찬미 등을 꼽았어.

어린이, 청소년 독자들이 추천작의 주제곡도 골라 줬는데, 아이브의 〈아센디오〉, 영화 〈스타워즈〉 주제곡, 게임 〈모여봐요 동물의 숲〉 메인테마, 라흐마니노프의 파가니니 주제 랩소디 18번 등 정말 다양해. 어떤 음악이 어떤 작품에 어울리는지 맞춰볼 수 있겠어?

SF와 어울리는 음악이라니! 정말 멋진 걸. 사업 아이템이 될 수 있겠어.

어린이, 청소년들의 소감과 질문에 대한 작가들의 답변이나 생각을 듣고 있어. SF 작가님들이 작중 인물이나 묘사에 대해 어린이, 청소년들이 잘 알아봐 주고 즐겨 줘서 무척 기뻐하시네.

흠. 청소년으로서 나까지 뿌듯해져.

나도.

응응.

이제 작가들과 참석자들이 대화하고 있는데, 어떤 분이 작품의 등장인물과 작가님들의 이미지가 비슷해서 깜짝 놀랐다고 말해서 나도 깜짝 놀랐어. 내 생각도 같았거든.
직접 참여하지 않은 듀나 작가님과도 인터넷 메신저를 통해서 소통하고 있어. 그러느라 답변 받는 시간이 조금 걸리긴 하네.

지금 우주정거장에 있는 우리랑 통신 시차가 있는 것처럼 말이지?

어, 그렇다면 혹시… 듀나 작가님도 우리처럼 우주 어딘가에 계시는 건 아닐까?

으아아악! 진짜?

장 버드! 장 버드! 우리도 장 버드 이름을 불러 볼게요.

그래요, 장 버드. 어린이·청소년 SF 작가와 독자들, 그리고 기획자, 출판편집자들까지 함께 모이는 멋진 행사를 소개해 줘서 고마워요.

덕분에 SF 파워가 엄청나게 많이 모였을 거야. 확인해 봐야겠군.

보슬비 SF 추천작
작가들의 사인

추천작 작가들이 SF플러스알파에게 남긴 사인이야. 나도 사인을 꼭 받고 싶었지만 비밀리에 참석 중이라 받을 수가 없었어.

섭섭해요, 장 버드! 우리 이름으로 하나씩 받아왔어야죠.

맞아요.

나도 작가님들 사인 갖고 싶다고요!

● ● ●

여러분도 SF를 읽고 상상하며 새로운 세계 속 이름을 부르고 멋진 이름을 지어 보세요. '2024 보슬비 SF의 밤'과 어린이·청소년 SF에 관한 더 많은 소식은 '어린이청소년 SF연구공동체 플러스알파(SF플러스알파)'가 발송하는 이메일 뉴스레터 '플러스알파 레터'에서 확인하실 수 있습니다. sfplusalpha.stibee.com

독자와 벙커 K의 **쌍방향 네트워크**

독자 특별 기고

AI와 함께해도, 이야기를 만드는 건 결국 우리!

'크리에이티브 X 성수'에 열린 〈창조적 경계〉 전시회 참가기

"ChatGPT는 바보다!" 제가 한 이 한마디에 깜짝 놀랐을지도 모르겠네요. "AI는 대단한 기술인데, 왜 바보라고 하지?"라고 생각할 수도 있겠죠. 맞아요, AI는 놀라운 성능을 보여줍니다. 엄청난 데이터를 빠르게 처리하고, 복잡한 문제를 해결할 수 있지요. 하지만 여기서 중요한 사실이 하나 있습니다. 바로 AI가 상상력과 창의성에서는 아직 한계가 있다는 점이지요.

AI는 우리가 제공한 데이터를 바탕으로 높은 확률에 맞게 결과를 만들어냅니다. 따라서 정보를 분석하고 패턴을 찾아내는 데는 정말 뛰어나지만, 완전히 새로운 아이디어를 떠올리거나 상상하는 것은 잘 하지 못합니다. 그래서 제가 AI를 '바보'라고 표현한 것이지요. AI는 귀납적이고 논리적이지만, 전혀 새로운 상상을 하거나 틀을 깨는 창의적인 생각을 해내기는 어렵거든요.

그렇다면 AI가 우리가 만족할 만큼 멋진 결과물을 내놓도록 하려면 어떻게 해야 할까요? 여기서 중요한 것은 바로 '우리가 AI에게 어떤 명령을 내리느냐'입니다. AI에 입력하는 명령어를 '프롬프트(prompt)'라고 부릅니다. 프롬프트는 '유도하고 상기시키며 자극하는 행위'를 말합니다. 말 그대로 적절한 프롬프트를 입력해야 AI가 새롭고 놀라운 결과물을 낼 수 있도록 자극할 수 있겠지요. 그래서 AI의 능력을 끌어올리는 프롬프트가 중요하고, 적절한 프롬프트를 입력하는 인간 역시 중요해졌습니다. 그래서 AI의 시대임에도, 창작에서 인간의 역할이 그 어느 때보다 중요한 시대가 되었습니다.

저는 '크리에이티브X성수'에 열린 〈창조적 경계〉라는 전시회 퍼포먼스에 참여했습니다. 이 프로젝트는 AI와 인간이 협력해서 성수동의 미래 이야기를 창작하는 작업이었지요. 서울과학기술대학교의 오영진 교수님과 저를 포함한 학생들이 함께 진행했는데 '관객', 'AI' 그리고 '문장 채굴꾼'이라는 세 역할이 협업하는 방식이었습니다. 저의 역할은 문장 채굴꾼이었습니다.

먼저 AI가 소설의 도입부를 제시하면, 문장 채굴꾼이 그 도입부를 더 흥미롭게 발전시킵니다. 그런

다음 AI가 다시 이야기를 생성하고, 그 후 관객이 그 흐름을 이어받아 자신만의 상상력을 더해 이야기를 입력하게 되죠. AI는 관객이 제시한 이야기를 받아들이고 또다시 스토리를 이어나갑니다. 이렇게 3명이 함께 협업하여, 몇 턴에 걸친 소설 창작 과정의 반복을 통해 이야기를 재미있게 만들어 낼 수 있습니다. 이렇게 완성된 이야기는 성수동의 미래 사건이 되어, 대형 미디어 스크린에 이미지와 함께 뉴스 형식으로 보도되었습니다.

만들어진 이야기들은 하나같이 새롭고 정말로 재미있었어요. 예를 들어, 고철 더미에서 거대 로봇이 등장하며 이야기가 시작됐지요. 관객분이 고양이를 좋아해서, AI에게 '거대 로봇이 야옹한다'고 입력했어요. 그렇게 몸집은 거대하지만, 정신은 아기 고양이인 로봇이 우유를 찾아 성수동을 뛰어다니는 대소란이 벌어졌지요. 문제는 고양이는 흰 우유를 좋아하는데, 성수동에는 초코우유만 생산하는 유전자 조작 젖소들만 있다는 사실! 그렇게 이야기는 점점 더 흥미롭고 기발하게 전개됐습니다.

문장 채굴꾼은 무슨 역할을 할까요? 단순히 AI와 일반 관객만으로는 재미난 이야기를 만들 수 없습니다. AI는 아까 말했듯이 혼자서는 익숙한 패턴에서 벗어나기가 어렵습니다. 일종의 고집쟁이라서 재미없게 자신이 만들어 낸 이야기를 계속 유지하려고 해요. 또한 일반 관객은 창작 작업에 익숙하지 않아, 갑자기 소설을 쓰라고 하면 당황할 수밖에 없어요. 어색한 관객과 AI 사이를 연결해주고, 관객과 AI 모두를 자극하는 역할이 바로 문장 채굴꾼의 역할입니다. 문장 채굴꾼이 독창적인 프롬프트(명령어)를 입력하여 AI의 이야기를 더욱 재밌는 방향으로 바꾸지요. 또한 관객에게 메시지를 보내는 기능도 있어, 관객과의 소통을 통해 이 이야기의 방향을 어떻게 바꿀까 이야기를 나누기도 합니다. 문장 채굴꾼이 있기에 성수동의 미래 이야기가 더욱 다채롭게 완성될 수 있었던 겁니다.

이번 프로젝트를 기획하고 참여하면서, 제가 가장 중요하게 생각했던 건 '협업'이었습니다. 흔히 SF 소설에서는 AI가 인간을 위협하는 존재로 등장하기에 사람들은 AI를 무서워하거나 거부하는 경향이 있는 듯해요. 하지만 저는 AI가 인간과 공존할 수 있는 존재라는 점을 강조하고 싶습니다. AI는 혼자서 모든 걸 해낼 수 없고, 인간도 역시 마찬가지니까요. AI의 강력한 기능과 인간의 창의적인 아이디어가 더해져야 비로소 멋진 결과물이 나올 것입니다. 문장 채굴꾼으로서 저는, AI와 인간이 어떤 관계를 맺어야 할지를 가르쳐주고 싶었습니다. 서로가 서로를 자극하고 새로운 아이디어를 만드는 관계인, '협업' 말입니다.

서울과학기술대학교 학생 및 프로젝트 참여자, 박재우

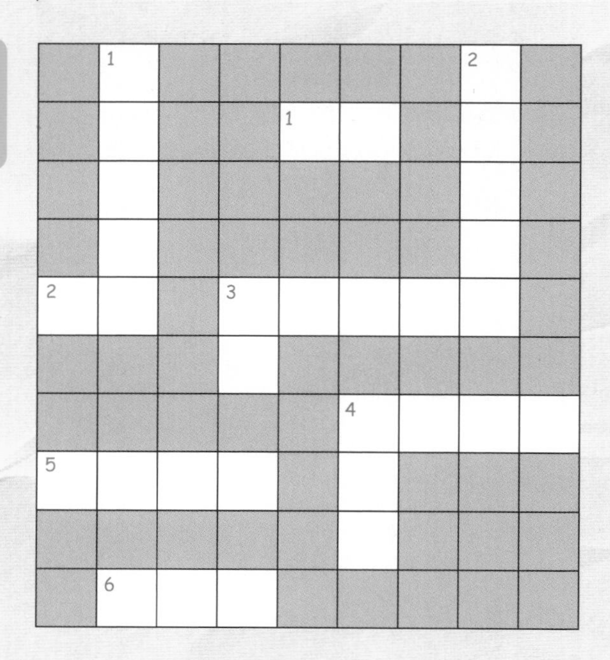

➡ 가로 풀이

1 사람이 타지 않고 무선전파로 조종할 수 있는 비행체
2 다양한 작업을 수행하도록 프로그래밍된 기계 장치
3 머리, 몸통, 팔, 다리 등 인간의 신체와 유사한 모습을 갖춘 로봇. 인간형 로봇의 다른 말
4 딥러닝(Deep Learning)과 페이크(Fake)의 합성어. 딥러닝 기술을 사용하는 인간의 이미지 합성 기술
5 오픈 AI에서 개발한 대화형 인공지능 서비스
6 1973년 일본에서 개발한, 두 발로 걷는 최초의 인간형 로봇

⬇ 세로 풀이

1 생명체의 특성을 가진 로봇. 이 로봇들은 살아 있는 유기체처럼 행동하거나 그 특성을 모방하도록 설계된다. 예를 들면 세포 재생 기능을 통해 스스로를 복구하는 로봇 등이 있다.
2 인간과 똑같은 모습을 하고 인간과 닮은 행동을 하는 로봇. 또는 그런 지적 생명체
3 한국 최초로 개발된 두 발로 걷는 로봇
4 머신러닝(기계학습) 종류 중 하나인 인공신경망 방법론 중 하나. 컴퓨터가 스스로 외부 데이터를 조합, 분석하여 학습하는 기술

<쓱싹 통신 MEMO>

① 제1회 <쓱싹 SF> SF 초단편 독자 공모전 (163쪽 참조)

② 리뷰나 창작 작품은 물론 SF와 관련한 어떤 이야기라도 좋습니다. 함께 나누고 싶은 글이나 그림을 아래 이메일로 보내 주세요. 채택되어 작품이 실리는 분께는 문화상품권을 선물로 보내드립니다. 단, 모든 부문에서 AI를 이용해 쓰거나 그린 작품은 따로 표시해 주시기 바랍니다.

접수 이메일 : reddot2019@naver.com

퀴즈 정답 및 해설

➡ 131쪽 알록달록 사탕 행성

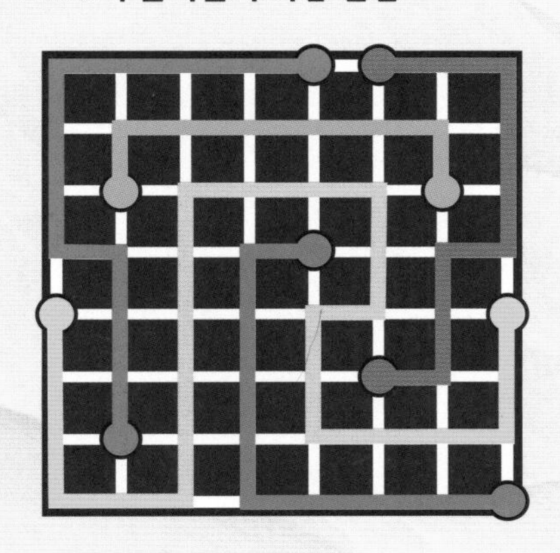

➡ 143쪽 조물조물 유연한 두뇌운동 2

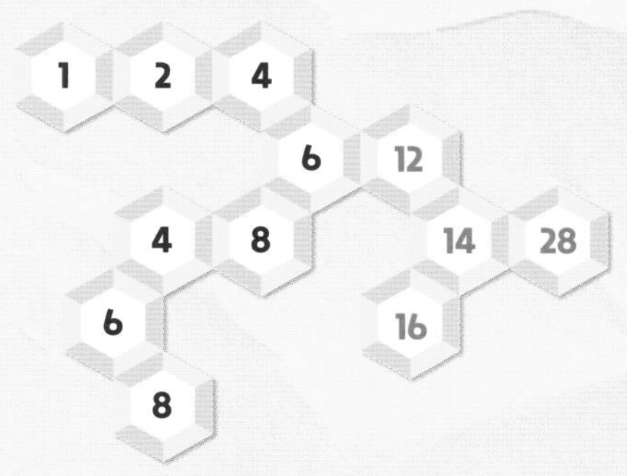

(왼쪽에서 오른쪽) 가로 방향은 2배수,
(위쪽에서 아래쪽) 세로 방향은 2를 더한 숫자다.
숫자가 들어있는 육각형이 직접 맞닿아야 적용되는 규칙이다.

➡ 142쪽 조물조물 유연한 두뇌운동 1

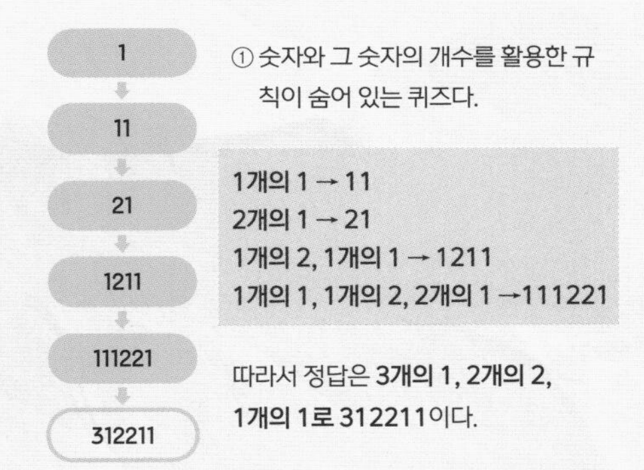

① 숫자와 그 숫자의 개수를 활용한 규칙이 숨어 있는 퀴즈다.

1개의 1 → 11
2개의 1 → 21
1개의 2, 1개의 1 → 1211
1개의 1, 1개의 2, 2개의 1 →111221

따라서 정답은 **3개의 1, 2개의 2, 1개의 1**로 **312211**이다.

② 화살표를 나란히 배열하면 가운데에 새로운 화살표 도형이 나타난다!

➡ 164쪽 십자말 풀이

	1바						2안	
	이			1드	론		드	
	오						로	
	로						이	
2로	봇		3휴	머	노	이	드	
			보					
					4딥	페	이	크
5챗	G	P	T		러			
					닝			
	6와	봇	1					

뒤집어 보면 정답이 보여요!

EDITOR'S LETTER

여러분은 어떻게 생각하시나요?

로봇과 인공지능(AI)의 발전은 상상을 뛰어넘을 만큼 빠른 속도로 이루어져 왔습니다. 이미 산업 분야와 의료 분야는 물론 농업, 교육이나 서비스 분야에서 다양하게 활용되고 있으며, 이젠 우리의 일상생활 속까지 깊이 파고들어 우리 삶의 크고 작은 변화를 불러오고 있습니다.
이런 미래를 예견했던 것일까요? 로봇과 인공지능은 아주 오래전부터 SF 작품 속의 단골 소재였습니다. 작품 속의 로봇과 인공지능의 모습은 천차만별인데, 크게는 인류를 돕거나 인류를 위협하는 두 가지 유형으로 등장해 왔던 것 같습니다. 중요한 점은, 이들이 어떤 모습으로 어떤 역할을 하든 핵심적인 질문 하나가 늘 존재했다는 것이지요. 과연 이들은 인류에게 도움이 될 것인가, 아니면 적이 될 것인가! 지금도 많은 전문가가 긍정적이거나 부정적인 답들을 수없이 쏟아내지만, 누구도 확실한 답을 하긴 힘이 들 것입니다.

편집진은 ChatGPT에도 같은 질문을 던져보았습니다. ChatGPT는 "로봇이 인간의 친구인지 아닌지의 여부는 로봇을 사용하는 목적, 블록 결합 방식 그리고 로봇에 대한 인간의 감정적 연결에 따라 달라질 수 있습니다."라는 답을 내놓았습니다. 인상적이었던 또 다른 대답이 떠오르네요. "로봇은 실제 감정을 느낄 수 없지만, 인간은 로봇에 대해 완벽함을 느낄 수 있습니다. 로봇은 인간의 격리를 강화하거나 인간관계를 대체할 위험이 있습니다." 그리고 마지막에는 이렇게 되묻습니다. "당신은 어떻게 생각하십니까?"

〈벙커 K〉 3호에는 '로봇은 우리의 친구일까?'라는 질문을 바탕으로 과거와 현재 그리고 미래의 우리 모습을 담은 다양한 작품과 콘텐츠를 실었습니다. 「벙커 101」에는 SF 속 로봇의 유니버스에 대한 통찰력 있는 튜토리얼과 이미 수십 년 전에 미래를 내다보았던 이정문 화백과의 인터뷰를 실었습니다. 「벙커 랩」에서는 로봇·인공지능과 함께할 우리 모습의 미래를 다양한 신작을 통해 만나볼 수 있습니다. 「벙커랜드」에는 〈로봇, 소리〉의 시나리오 작가가 직접 밝힌 영화 제작 과정과 우리가 가져야 할 '경이로움'에 대해 독특한 시각으로 풀어주신 전혜정 교수의 칼럼을 실었습니다. 이번 호도 많은 저자와 기획위원, 편집진이 최선을 다해 만들었습니다.

불투명한 미래지만 우리에겐 미래를 예측하고 희망을 만들 기회가 있습니다. SF가 그 희망을 발견할 수 있는 씨앗이 될 수 있을까요? 여러분은 어떻게 생각하시나요?

벙커 K 매거진 편집부

BUNKER K

BUNKER K는 어린이와 청소년을 위한 SF 전문 매거진입니다.
정기구독을 신청하시면 편하게 벙커 K 매거진을 만날 수 있습니다.

[정기구독자를 위한 혜택]

벙커 K 10% 할인

벙커 박스 No. 1 증정
(벙커 K 굿즈)

친환경 리유저블백 증정

[정기구독 신청]

【개인 정보】

- 이름 :
- 생년월일 :
- 전화번호 :
- 이메일 :
- 주소 :
- 구독 여부 : 신규 / 재구독

【신청 방법】

- 블로그 또는 인스타 : 구글폼 제출
  블로그 blog.naver.com/reddot2019
  (빨간콩 블로그)
  인스타 @bunker_station
- 이메일 신청 : 개인 정보와 구독 기간 작성
  이메일 julee001@naver.com
- 전화 신청 : 정기구독 담당자
  이정욱 010-9029-5618

【정기구독료】

- 1년 구독 : ~~70,000~~원(4권) = 63,000원(4권)
- 2년 구독 : ~~140,000~~원(8권) = 126,000원(8권)

【구독 기간】

- 1년 구독 / 2년 구독
- 구독 신청일 : 년 월 일

【입금 정보】

- 계좌 정보 : 신한은행 110-559-169574
  이정욱(도서출판 책숲놀이터)
- 신청인과 입금인이 다른 경우에는 정기구독 담당자에게 연락 주세요.

정기구독 신청

빨간콩블로그

BUNKER K

어린이·청소년 SF 매거진 _ 벙커 K (3호)

기획위원 박상준·정재은
디렉터 이은영
에디터 이지선·이정아·이지수
디자인·일러스트 마타
총괄마케팅 이정욱
발행인 이은영
발행일 2025년 1월 10일
등록번호 노원, 바00015
등록일 2024년 4월 18일
발행처 도서출판 빨간콩
주소 서울시 노원구 동일로242길 87 2층
전화 02-933-8050
팩스 02-933-8052
블로그 blog.naver.com/reddot2019
이메일 reddot2019@naver.com(독자투고)
julee001@naver.com(정기구독)

ISBN 979-11-91864-54-0 43810
ISSN 3058-2512

벙커 K 3호 _ 커버스토리

표정을 숨긴 채 서로 기대어 앉은 마루와 로봇.
이들에게 서로는 어떤 존재일까?